Autorin:

Marianne Kunz-Jäger, 1943 in Bülach geboren, lebt heute in Oberwil-Lieli. Sie arbeitete viele Jahre als Lehrerin und nachher als Bibliothekarin.

Irgendwann verwirklichte sie ihren Traum vom Schreiben. In einem Fernstudium für Belletristik erlernte sie das Knowhow und hatte damit gleich Erfolg. Sie ist Autorin einer Reihe von Kinderbüchern, Lernmaterialien und Leseheften für die Schule, und dem leider vergriffenen Katzenroman MAU. Daneben schreibt sie Interviews für eine Patientenorganisation, Kolumnen für die Dorfzeitung und Tierbeobachtungen für die schweizerische „Tierwelt."

Co-Autorinnen:

Katze Zaza, eine so genannte Glückskatze, geboren 2003, Geburtsort unbekannt

Katze Zora, Schildpatt, genaues Alter und Geburtsort liegen im Dunkeln

Marianne Kunz-Jäger

Dir zu Diensten Katze

Tierheimkatzen sind anders

.

Eine wahre Katzengeschichte

2019 Marianne Kunz-Jäger
Covergestaltung:
Alder Grafik Design CH-9125 Brunnadern
Foto: Marianne Kunz-Jäger
Verlag und Druck: tredition GmbH,
Halenreie 40-44, 22359 Hamburg
Paperback ISBN: 978-3-7497-5604-9

Das Leben und dazu eine Katze,
das ergibt eine unglaubliche Summe,
ich schwör's euch.

Rainer Maria Rilke

Inhaltsverzeichnis

Dir zu Diensten, Katze

Sechs Uhr früh. Die Dämmerung hat noch nicht alle Ecken des Schlafzimmers erreicht. Aber etwas hat mich aufgeweckt. Der Wind vielleicht, der fast schon ein Sturm ist? Er schüttelt die Bäume, und das Lispeln und Rascheln der Blätter ist wohl bis in meinen Schlaf gedrungen. Ich horche in den grauen Tag hinein. Nein, da ist noch etwas anderes. Von Ferne kommt ein verzweifeltes Miau, eine anklagende Bitte: „Komm! Mach mir endlich auf"!

Ich entflechte meine Beine und wanke, noch halb in den letzten Traum verwickelt, ans Fenster. Ja, Katze Zaza sitzt auf dem Hausplatz und miaut herzzerreissend. Im Gegensatz zu mir ist sie hellwach und hat ihre Aufmerksamkeit überall.

Schon hat sie die Bewegung am Fenster bemerkt und läuft los, um als Erste bei der Haustür zu sein. Es eilt. Dass ich barfuss und im Nachthemd in die Küche stolpere, ist ihr egal. Hauptsache, ich gehorche. Schnell giesse ich ihr etwas Kaffeerahm in eine Schale und einen Klacks Nassfutter in eine zweite. Dann ist sie beschäftigt, während ich mich anziehe.

Am Kaffeetisch setzt sie sich neben mich und maunzt. Einmal, zweimal, so oft, bis ich die Zeitung fallen lasse, um ihr über den Kopf zu streicheln. Aber das ist nicht das Richtige. Sie verlangt mehr. Ich muss ihr folgen, um nachzusehen, was Madame Katz verlangt.

„Bürsten!". Sie geht mir voraus und wirft immer wieder einen Blick zurück, um sich zu vergewissern, dass ich ihr brav hinterherlaufe. Ich fahre ihr mit der Bürste durch das Fell, und sie schnurrt zufrieden. Das tue ich so lange, bis meine Beinmuskeln brennen und ich mich aufrichten muss. Kaum sitze ich wieder, steht der nächste Katzenwunsch an. Sie miaut eindringlich und konstant, bis ich meine Nichtbeachtung aufgebe, weil ich sowieso nicht weiterlesen kann.

„Was ist denn jetzt?" frage ich und stehe auf. Zaza streunt zum Futternapf zurück. Das angebotene Futter hat sie nicht angerührt. Anklagend schaut sie mich an. Ich kenne diesen Blick. Es ist nicht das Richtige im Teller, – oder das Futter ist nicht frisch genug. Ja, die Tüte habe ich schon seit gestern Abend offen, und Katzen sind bekanntlich heikel, was das Fressen anbelangt. Also öffne ich eine neue Tüte und mische. Sie hockt sich hin. Ich scheine mit meiner Wahl Glück gehabt zu haben, aber selbstverständlich ist das nicht. Ich beobachte, wie sie mit Akribie die neu hinzugekommenen Brocken herausklaubt. Die andern lässt sie gekonnt aus, die kleine Hexe.

Ich setze mich wieder an die Zeitung. Aber einen halben Artikel später steht Zaza schon wieder vor mir. „Mimimiau mirau", keckert sie. Sie insistiert leise und doch irgendwie penetrant in der Stille der frühen Morgenstunde.

Ich muss wohl! Mit Nachgeben komme ich am schnellsten wieder an den Tisch. Zaza lotst mich zu ihrer Bürste zurück.

„Was? Du willst schon wieder gebürstet werden? Leidest du etwa an Katzendemenz?"

Sie dreht den Kopf zu mir hoch und miaut etwas Unverständliches. Ach, diese Katze hat so umwerfend schöne Augen! Wie innig sie mich anblickt! Wie könnte ich ihr da eine Bitte ausschlagen!

Ein Weilchen später folgt sie dem Geräusch der kreischenden Kaffeemaschine und will auch. Nicht Kaffee, sondern Kaffeerahm. Noch während der Kaffee herauströpfelt, kriegt sie davon. Reichlich! Es ist besser so, sonst laufe ich Gefahr, mit der vollen Tasse über Zaza hinweg zu stolpern, weil sie

11

bei der Einforderung des Verlangten jegliche Distanz vermissen lässt.

Zufrieden?

Mitnichten.

„Komm, subito"! Zazas Schreie sind spitzig. Jetzt will sie ENDLICH wieder hinaus. Sie hätte zwar ihren eigenen Ausgang, die Katzentür. Hinaus könnte sie selber, nur mit dem Rückweg klappt es nicht. Aber heute zieht sie die persönliche Bedienung vor. Wozu hält man sich denn Menschen!

Und Zora?

Zora war zu Beginn ein bedauernswertes Findeltier. Bald war mir klar, dass sie eine einsame Wohnungskatze gewesen sein musste. Sie hatte im geschätzten Alter von vier Jahren keinen Schimmer von einem normalen Katzenleben, ausgefüllt mit Spiel, Spass und Jagd. Ein armes, schreckhaftes Büsi also! Mein Mann und ich nahmen Rücksicht, was ja nur normal ist, denke ich…

…und nehmen auch nach fünf Jahren noch Rücksicht auf die delikaten Launen unserer Mieze. Das ‚arme Büsi' hat uns nämlich voll im Griff. Mittlerweilen erstarren wir, wenn sich Zora zum Fressnapf begibt, denn sie duldet keine Bewegung, wenn sie frisst. Ihr Napf steht in einer grossen

Schachtel, um ihr den nötigen Sichtschutz zu geben. Miaut sie links von meinem Stuhl, will sie Extrawurst, rechts davon heisst entweder ins Freie (denn trotz Katzentür beansprucht Madame lieber Handbedienung) oder frisches Futter. Sofort! Denn Zora duldet keinen Aufschub! Ihre Forderungen werden von Anklagen und Vorwürfen abgelöst.

„Besichtige mit mir den Teich! Gib mir ein Extra auf der Gartenbank! Bürste mich! Jetzt! Now! Subito!" Von Bitten keine Spur! Ein falscher Bürstenstrich und die Belohnung dafür ist ein Pfotenschlag mit ausgefahrenen Krallen!

Wenn ich aber begriffen habe, was sie will, werde ich mit warmem Gurren belohnt. Immerhin! Längst halte ich Mittagsrast, weil Zora dies will. Unmissverständlich stellt sie sich mir in die Quere, bis ich in Richtung Liege abgedrängt bin! Sie legt sich dann entspannt auf meine Beine und schnurrt. Am Abend gehe ich auf ihre lautstarke Auf-forderung hin zu Bett. Spure ich nicht, wird sie deutlich, indem sie zum Geheul noch am Sofa kratzt, dass es knallt. Wie könnte ich da noch lesen! Da sie Unberechenbarkeit hasst, sucht sie sich den starrsten Knochen auf meinem Körper aus, um sich darauf zum Schlafen zu drapieren.

O holde Unbequemlichkeit! Aber dann geht das ganz grosse Schnurren los und ich vergesse, dass ich längst die Sklavin einer Katze geworden bin!

Eigentlich wollte ich mit Zaza bloss einer Heimkatze ein schönes Leben ermöglichen. Sie war eines der vielen Tiere, die vorher vom Leben nicht verwöhnt worden waren. Aber der Anfang war schwierig. Anstatt einer Schmusekatze hatte ich versehentlich ein kratzbürstiges, menschenscheues Tier gewählt. Und so musste ich erst einen Weg zu diesem abweisenden Wesen finden. Ich lernte ihre Körpersprache lesen und buhlte regelrecht um ihre Zuwendung.

Es war nicht für die Katz. Irgendwann hatte sie begriffen: Menschen sind benutzbar. Sie öffnen Futtertüten, Türen und Dosen. Sie geben Streicheleinheiten, wenn die Katze es will. Der Mensch wird sanft und ruhig, wenn er über das Katzenfell streicht. Von da an schnurrte sie.

Nach einiger Zeit kam eine zweite Katze dazu, traumatisiert und irgendwie depressiv. Genau genommen passen die beiden Tiere überhaupt nicht zusammen. Hätte ich das nur vorher gewusst! Aber gerade das macht es nun aus. Das tägliche Leben ist durch diese Unvereinbarkeit interessanter und farbiger geworden. Es macht mich glücklich, meinen Katzen die Wünsche zu erfüllen. Sie schenken mir dafür Katzenliebe, indem sie mir Geschichten vorschnurren. Wahre, erlogene und erfundene. Das entspannt und gibt eine neue Form von Lebensqualität. Und das jeden einzelnen Tag!

Aber so hat unser Zusammenleben nicht angefangen. Es war alles ganz anders, sogar erstaunlich anders. In der Zeit vor unserer ersten Begegnung wurde Zaza als unerwünschtes Tier im Tierheim abgegeben. Und ich wusste noch gar nicht, dass ich wieder eine Katze wollte, bis zu einem wunderschönen, ganz besonderen Erlebnis im Schnee...

Ein Kätzchen im Schnee

Mitten im Winter begegnete ich im Feld einer kleinen Katze. Sie war wohl dem wirren Zauber des ersten Schnees erlegen und so lange den Flocken nachgelaufen, bis sie sich nicht mehr zurechtgefunden hatte. So hatte sie die eisige Nacht im Feld verbracht - und weit und breit kein bewohntes Haus!

Als meine Nachbarin sie am frühen Morgen auf dem Hundespaziergang entdeckte, stand sie im tiefen Schnee vor einer allein stehenden Scheune. Aber die Frau konnte nicht helfen, weil Katze und Hund eben wie Katze und Hund zueinander sind. Ein Zufall, dass diese Nachbarin mir eine Stunde später telefonierte. So lief ich aufs Feld hinaus, um die kleine Katze zu suchen.

Ich sah sie schon von weitem. Als ich sie rief, sprang sie mir vertrauensvoll entgegen. Ich hob sie hoch und sie drückte sich innig an mich. Ihr Schnurren war so wild, dass es durch meinen dicken Mantel drang und mir augenblicklich das Herz erwärmte. Sie trug zum Glück ein Halsband, daran angehängt eine Kapsel. Das war eine Hilfe. Aber draussen auf dem Feld konnte ich die Kapsel nicht aufmachen und ein Natel hatte ich sowieso nicht dabei. Ich beschloss, die Katze den weiten Weg zu mir nach Hause zu tragen. Dort wollte ich die Kapsel ohne eisige Finger in Ruhe öffnen.

Dann aber hatten wir Glück! Eine Hundefrau kannte das Tier mitsamt den Besitzern. Sie hatte sogar das Handy dabei und informierte unverzüglich die Familie, die schon ganz verzweifelt nach dem Kätzchen gesucht hatte. Und mir fiel das grosse Glück zu, die kleine Katze nach Hause tragen zu dürfen. Ich öffnete meinen Mantel und hüllte sie ein. Sie war offensichtlich erschöpft, denn sie lag mir den ganzen, langen Weg über schwer im Arm und schnurrte. Nicht einmal der Schneepflug, der ausgerechnet zu dieser Zeit auf diesem Stück Weg unterwegs war, konnte unsere Zweisamkeit erschüttern. Es waren innige Momente, die wir zwei ungleichen Wesen im ersten Schnee dieses Winters zusammen hatten, bis zum Moment, wo ich das Kätzchen ihrer strahlenden Familie übergeben konnte.

Dieses Glück mit der schnurrenden Katze im Arm löste in mir ein riesiges Verlangen nach einer eigenen Katze aus, etwas, das ich mir seit dem Tod der letzten Katze nicht mehr zugestanden hatte.

Die Zeit war reif!

Zaza: Unerwünscht, abgeschoben!

*E*ine Verzichtkatze ist, wenn der Mensch dich packt, in die Deckelkiste sperrt und sagt: „Es ist aus zwischen uns!"

Mein Mensch, eine so genannte Frau, heulte zwar dabei. Sie schluchzte so laut, dass mein eigenes Geheul darin unterging. Trotzdem trug sie die Kiste mit mir drin zu ihrem Auto, stellt mich auf etwas Weiches, schlug die Tür mit schmerzhaft ohrenbetäubendem Knall zu und fuhr los. Sie fuhr und fuhr, und ihre mir zugedachten Worte ertranken in unserem Jammer.

So ist der Mensch: Unberechenbar bis in die Fingerspitzen. Streichelt mich, krault mich, packt mich und dann ist es aus zwischen ihr und mir.

Sie brachte mich weit von meinem vertrauten Heim weg an einen Ort, genannt Tierheim. Der Geruch von Stress, Futter, Putz und Pisse raubte mir augenblicklich die Sinne. Orientierungslos verkroch ich mich in die dunkelste Ecke. Ihre Abschiedsworte erreichten mich nicht mehr. Es war in diesem Moment endgültig aus zwischen ihr und mir.

Augen starrten mich an, grüne, gelbe, blaue. Sie gehörten Katzen, die sich auf leisen Pfoten in meine Nähe geschlichen hatten. Vor Schreck drückte ich mich tiefer in meine Ecke hinein. Jemand begann zu singen, erst leise, dann bedrohlich, im Crescendo des Katzengesangs. Ich legte mich zur Seite und hob die Pfote zur Abwehr.

„Du riechst!", sagte der Aggressor. „Du riechst nach Kissen und Polsterstuhl. Kommst von daheim, gib's zu!"

Ich hauchte ein fast tonloses JA und liess die Pfote sinken. Der Gedanke an Kissen und Polsterstuhl drückte mich in eine bodenlose Traurigkeit.

„Findeltier oder Verzichtkatze?" miaute ein kleiner Grauer.

Ich, matt: „Was weisst du schon von der brutalen Wirklichkeit, Kleiner!"

Unter meinen Artgenossen ging ein wildes Durcheinander los. Alle redeten auf mich ein: „Ach du Schandfleck unter den Katzen, was bist du naiv!"

„Woher hast du so viel Dummheit mit auf den Weg bekommen? Am gut gefüllten Futternapf vielleicht?"

„Wer hier landet ist immer ein Findeltier oder eine Verzichtkatze."

„Was glaubst du denn, warum wir hier sind? Wir wurden alle abgeschoben".

„Unterwegs aus dem Auto geworfen. Tür auf und raus, und auf Nimmerwiedersehn! Sieh selber zu, wo du unterkommst!"

„ Es ist aus zwischen dir und mir! Ich kann dich nicht mehr brauchen."

„Du bist mir zu viel, du stehst mir bei der Wohnungssuche im Weg!"

„Katzen kratzen. Katzen fressen, Katzen kosten Geld. Ja, und dann bekommt die grosse Liebe, an die du geglaubt hast, Risse, und du musst weg!"

„Tür auf und raus mit dir! Zeig dich bitte nie mehr hier!" Oder: „Deckelkorb zu und ab ins Tierheim! Soll dich sonst wer nehmen, Hauptsache, ich bin dich los!"

„Und dir ist es genau gleich ergangen, man riecht es dir an. Aber: Sie sind es nicht wert, unsere Zuneigung zu bekommen, diese Menschen. Verachten muss man sie! Mit Nichtbeachtung strafen."

„Angreifen, wo's Not tut, denn das Menschenfell hat keine Haare und reisst. Sie sind einer Katze nicht würdig. Nur dumm, dass unsereiner wegen der bequemen Lebensweise immer wieder auf sie hereinfällt und sich mit ihnen einlässt. Und alles,

um ein bisschen gestreichelt, gekrault, gefüttert zu werden, jawohl. "

„ Ich bin eine Verzichtkatze ", würgte ich heraus.

Im Tierheim: Findeltiere und Verzichtkatzen

Es gibt unendlich viele wunderschöne Katzen, alle mit magischem Blick und einem samtweichen Fell. In meinem Kopf drehte sich ein buntes Katzenkarussell – und alle Tiere schnurrten. Eigentlich waren es keine Katzen, sondern süsse Büsis, verstehen Sie?

Und wie sollte die Katze sonst noch sein? Nicht mehr ganz jung, so viel stand fest. Mein Mann und ich sind auch nicht mehr jung. Eine Langhaarige, in deren Fell man seine Finger vergräbt, oder eine mit kurzem, pflegeleichtem Fell? Ein Kater oder eine Katze? Lieb sollte sie sein. Die meisten Katzen sind zwar anhängliche Schmuserinnen, Schnurrerinnen und Schmeichlerinnen, daneben gibt es aber auch unnahbare, die viel Geduld brauchen. Eine Schwierige wollte ich nicht. Ich will eine Katze geniessen können. Wir wollen Spass haben zusammen, das Leben ist sonst schon manchmal trist.

Ich versprach meinem Mann, nur eine einzige Katze und nicht gleich das halbe Tierheim nach Hause zu bringen.

Mit dem Kopf voller Illusionen meldete mich im Katzenheim an. Hier gab es vierundvierzig zu platzierende Katzen, aus denen ich aber – wie versprochen - nur eine einzige auslesen durfte!

Ein Blick genügte: Die eleganten, makellosen Tiere aus meinen Fantasiespaziergängen konnte ich weit gehend vergessen. Im Tierheim lebten keine exotischen Schönheiten, sondern Findeltiere und Verzichtkatzen. Es waren Katzen von grundverschiedenem Aussehen: Grosse, kleine, dicke, überdimensionierte, von jeglichem Alter und jeder Färbung. Verspielte, scheue, traumatisierte, gesunde und solche, die spezielle Bedürfnisse hatten. Manche hatten Nierenprobleme, waren unsauber oder litten an Diabetes. Andere hatten entzündete Augen und triefende Nasen und waren deshalb in Quarantäne.

Die Heimleiterin musterte mich. Sie fragte: „Können Sie einer Katze ein artgerechtes Zuhause bieten?"

Ich nickte.

„Wissen Sie überhaupt, was es heisst, einer Katze ein artgerechtes Leben zu bieten? - Wohnen Sie an einer befahrenen Strasse? (Wer tut das schon

nicht?) Wenn ja, kriegen Sie keine Freigängerin.
Arbeiten Sie? Wenn ja, kriegen Sie keine Katze."

Meine fünfzig Prozent Arbeit gingen immerhin
durch.

„Haben Sie eine Lösung, wenn Sie verreisen?
Sind Sie alleinstehend? -
Ist Ihr Mann mit einer Katze einverstanden?"

Das war er, aber ich musste ihm ja hoch und
heilig versprechen, nicht zwei oder drei Katzen
heimzubringen.

„Wissen Sie, ob Sie allergisch sind auf Katzenhaar?"

Spätestens jetzt reagierte ich allergisch, aber
nicht auf Katzenhaar. Ich spürte förmlich, wie in
meinem Bauch Krallen und Reisszähne wucherten.

„Haben Sie eine Katzentür? Wenn nicht, kriegen
sie keine Freigängerin. - Eine Katze sollten sie
nachts im Haus behalten, damit sie im Morgen-
grauen nicht Jagd auf Vögel macht." Und: „Sie
wissen, dass Katzen bei uns etwas kosten, sie sind
medizinisch gecheckt, entwurmt und kastriert."

Ja!

„Können Sie eine Tierarztrechnung bezahlen?
Sie müssen wissen, Katzen brauchen Impfungen
und medizinische Checks."

Einen Lohnausweis hatte ich nicht mitgenommen, allein schon die Vorstellung davon brachte mich zum Lachen. Es wunderte mich nun nicht mehr, dass das Tierheim voll Katzen war. Aber würde die Heimleiterin nicht so strikt prüfen, gäbe es hinterher noch viel mehr Katzen, die zurückgenommen werden müssten, Verzichtkatzen also.

Die Heimleiterin fand: „Menschen, die ihre Katze aus was für Gründen auch immer, ins Tierheim bringen, gehören noch zu den besseren Tierhaltern. Sie sind immerhin bereit, einen Beitrag an die Weitervermittlung zu bezahlen. Die andern setzen ihre Tiere einfach irgendwo aus und überlassen sie einem ungewissen Schicksal. Wenn die ausgesetzten Katzen Glück haben, werden sie in einem Tierheim abgegeben. Das sind dann unsere Findeltiere."

Als ich vor dem Eingang meine Zeit abgewartet hatte, hatte sich eine bunt gemusterte Katze am Gitter zu mir hin gehangelt. Sie hatte mich aus leuchtenden, schwarz umrandeten Bernsteinaugen angeschaut. Für mich in meiner totalen Verblendung war es die ganz grosse gegenseitige Liebe auf den ersten Blick.

Ich sollte mich mächtig täuschen.

Zwei Wochen später zog diese buntgescheckte Katze bei uns ein. Sie war – nach Einschätzung der Heimleiterin - eine völlig unproblematische Verzichtkatze, die schon viel zu lange im Heim auf einen Lebensplatz gewartet hatte.

Aber auch eine völlig unproblematische Katze steckt einen Wechsel nicht einfach so weg.

Was vermisst du, Zaza?

Zwei Wochen später erkundete die vierfarbige Katze mit den schwarz umrandeten Augen das Haus. Sie war kapriziös und wurde von mir zuerst einmal von ihrem dämlichen Tierheimnamen befreit und in Zaza umgetauft. Ich verfolgte sie auf Schritt und Tritt, um mich bei ihr anzubiedern. Das war eigentlich falsch. Es müsste genau umgekehrt sein, die Katze folgt auf Schritt und Tritt ihrem Menschen. Zaza aber nahm kaum Notiz von mir. Unruhig durchstreifte sie das Haus, als sei sie auf der Suche nach etwas. Lebenserfahrung hatte sie nicht, obschon sie schon drei war. Sie scheute vor dem Spiegel und griff ihn mit grossen Sprüngen und gesträubtem Krummschwanz an. Mit der Treppe kam sie auch nicht zurecht. Es schien, als könne sie Höhen nicht einschätzen. So sprang sie anfänglich von zuoberst durch das Geländer hindurch nach unten. Au, das tat sicher weh.

Was mich aber mehr beschäftigte, war, dass sie keinen Kontakt zu uns suchte. Wenn sie es mir erlaubte, sie zu streicheln, schaute sie durch mich hindurch in die Ferne. Sie schnurrte kaum. Offensichtlich kannte sie auch nicht die zärtlichen

Gesten, die einer geliebten Katze von den Menschen zukommen und sie hatte keine Sprache für uns. Ausser Futter begehrte sie nichts. Sie vermisste aber etwas, das sie unruhig machte. Sie suchte und suchte.

Und so sah das Zusammenleben aus:

Ich ging in die Küche. „Willst du Futter?"

Ein kleiner Blick nach oben, das hiess ja.

„Streicheln?"

Sie lief davon.

„Kann ich mich neben dich setzen?"

Keine Erlaubnis!

„Kraulen?"

Bedingt!

„Hochheben?"

NEIN! Sie wehrte sich mit ausgefahrenen Krallen. Und diese waren messerscharf!

„Spielen?"

„Ja, das ist lustig." Nach zwei Wohnzimmerlängen legte sie sich hin und war erschöpft. Fit war sie also auch nicht.

Aber schön! Wunderschön sogar. Das kurzhaarige Fell ist auch heute noch samtweich und dicht. Die ganze Katze ist wie aus Flicken zusammengesetzt, aus glutroten, weissen, schwarzen und getigerten Fellstücken. Das Schönste aber sind

die schwarz umrandeten, leuchtenden Bernsteinaugen. Der Bauch ist weiss, beim Herzen hat sie
einen roten Fleck.

„Hast du das Herz auf dem rechten Fleck, Zaza?
Dann zeig es uns!"
Sie lief weg.

Zaza kann nicht spielen

Manchmal hatte ich Heimweh nach all den stürmischen Schmusekatzen, die mich bisher auf dem Lebensweg begleitet hatten. Katzen, die mir furchtlos auf den Füssen herumgetreten waren, sich an meine Beine geworfen und sich an mir hochgekrallt hatten! Unerschrocken waren sie mir auf den Schoss gesprungen und hatten sich wild an mich gedrückt, um mir nahe zu sein und mit Nachdruck ihre Streicheleinheiten einzufordern. Schön war es, mit ihnen vor der Nase am Schreibtisch zu arbeiten, auch wenn ich fürchten musste, dass sie im dümmsten Moment auf die Tastatur treten und meine Arbeit kaputt machen würden.

Mit Zaza war alles anders. Ich musste ihr nachlaufen, um zu so etwas wie Streicheleinheiten zu kommen. Katze und Streicheleinheiten, das gehört doch zusammen, nicht?

Um Zaza zu kraulen, musste ich mich auf den Boden setzen. Wenn ich Pech hatte, lief sie mir genau dann davon. Ich durfte auf keinen Fall mit der Hand von vorn kommen. Hätte ich das getan, wäre sie mir ausgewichen. Wollte sie ausnahmsweise einmal gestreichelt werden, liess sie sich vor mir auf den Rücken fallen und schaute mich auffordernd an. Am liebsten auf der Treppe. Aber nicht auf dem Tritt, auf dem ich stand. Ging ich hinauf, legte sie sich zwei Tritte über mir hin, ging ich hinunter, zwei Tritte unter mir. Diese Sicherheitsdistanz musste bitte schön bleiben, sonst machte sie nicht mit! Aber das tat ich gern für sie, auch wenn es treppab sehr mühsam wurde. Hielt ich ihre Regeln ein, legte sie den Kopf in meine Hand und schnurrte ein wenig. Immerhin!

Gerne hätte ich Zaza auf den Arm genommen, um sie zu kraulen. Aber Zaza war nicht auf Streicheleinheiten aus. Sie hielt mich auf Distanz. Streifte sie mein Bein, dann war ihre Berührung bloss ein Hauch. Oft hatte ich das Gefühl, sie habe Menschen gar nicht nötig. Es sei denn als Dosenöffner. Und doch gab es Lichtblicke. Hie und da wollte sie sich für ein kurzes Schäferstündchen auf mir niederlegen. Wieso sie es aber die meiste Zeit doch nicht schaffte, mir auf die Knie zu springen, bleibt ein Rätsel. Sie stand vor meinem Sessel, schaute zu mir hoch und miaute, miaute. Setzte zum Sprung an und wagte ihn doch nicht. Durfte sie nicht, dort wo sie herkam? Es wird für immer ein Rätsel bleiben. So wie es ein Rätsel bleibt, wieso sie nicht spielen konnte.

Spielen mit Zaza ging so:

Zaza verfolgte mit den Augen die Bahn des rollenden Bällchens, aber statt danach zu jagen, schweifte ihr Blick ab und verlor sich irgendwo. Das Bällchen rollte im Korridor aus. Ich lief hin und warf erneut. Das aufflackernde Interesse erlosch, sobald der Ball aufgesetzt hatte. Fitness ja, aber für wen?

Ich zog die Schnur mit dem angebundenen Papierschweif über den Teppich. Zaza legte sich auf die Lauer und schoss los. Erwischt! Lustig, was? Nochmals! Dazu war Zaza nicht zu bewegen. Sie beachtete die tanzende Schnur nicht mehr. Ihr Blick hielt sich irgendwo fest, nur nicht am Objekt zum Spielen.

Ich machte mit dem Finger unter einer Decke Kratzgeräusche. Keine Reaktion.

Ich zog mit meinem Finger Bahnen. Nichts. Nie gehabt.

„Überhaupt", signalisiert sie mir: „Was soll das?"

Anfänglich hatte ich mich gefragt, ob Zaza nicht gut hört. Tat sie aber. Wenn irgendwo eine Mücke summte war sie nicht mehr zu halten. Sie flog durch den Raum, ganz die perfekte Jägerin.

Verstecken spielen? Ich legte mich hinter der Ecke auf die Lauer und guckte von Zeit zu Zeit hervor. Ein gefährliches Spiel, das eine blitzschnelle Reaktion erfordert. Alle Katzen hatten Spass daran gehabt, mich als Beute anzuspringen. Und Zaza? Die hatte keine Ahnung, was das sollte und fragte sich vielleicht gar, ob der Mensch zur gegebenen Stunde nicht ganz beisammen war.

Ich wollte Zaza verführen, und sie aus ihrer reservierten Haltung herauslocken. Was eignet sich da besser als die Verführung mit Essen? Ich bin keine Freundin von ungezogenen Katzen auf dem Tisch, aber ein bisschen Betteln zur Essenszeit, das läge in diesem Fall noch drin. Nur: Für dieses Verführspiel müsste Zaza Bedürfnisse haben! Hatte sie nicht. Kurz: Sie kannte nichts von dem, was der Mensch isst. Sie hatte sich schon früh auf ein einziges Dosenfutter beschränkt und dabei blieb es. Im ganzen ersten Jahr hatte sie den Kräckersack lediglich zwei Mal aus dem offenen Schrank gezerrt und daran Selbstbedienung geübt. So ein braves Büsi! Viel zu brav, nicht? Oder vielleicht dumm?

Gibt es das überhaupt, dumme Katzen?

Zaza: Angekommen!

*L*iebes Tierheim!

Der Mond ist aufgegangen. Aber hier gibt es kein nächtliches Katzenkonzert. Der Mensch kennt dieses Bedürfnis nicht. Er kennt auch nicht die Nuancen des Katzengesangs, sondern versteht bei allem immer nur MIAU. Das bedrückt mich und deshalb habe ich etwas Schweres in meinen Bauch. Ich mag in diesem Zustand weder spielen noch sonst etwas tun. Zuerst hat die Meine gemeint, ich sei krank, weil ich nach zwei Runden im Wohnzimmer immer müde war. Aber dann hat sie begriffen, dass ich keine Kondition habe, weil ich so lange im Tierheim gewesen bin. Und dass es vermutlich schon noch kommt, wenn ich ein wenig trainiere. Sie sagt, dass wir bald mit dem Training auf der Terrasse beginnen, damit ich später ins Freie kann. Auf die Wiese!

Weisst du, was das ist: Die Terrasse, die Wiese?

Ich habe bis jetzt aber doch schon einige Dinge totgemacht. Eine Stoffmaus, den Gürtel vom schönen Rock und einen Stoffball. Daneben unzählige Fliegen und Spinnen. Auch die ganz *oben im Zimmer. Dazu ein Raschelpapier und eine Schachtel. Die hat die Meine mir zwar wieder geflickt, weil sie mir grossen Spass macht. Ich spiele aber auch ohne so genannte Dinge, indem ich treppauf und treppab rase oder über die Möbel jage. Und gestern habe ich einen Schrank voller Stoffresten neu geordnet. Das hat SIE nicht sehr gern, aber was soll's, sie kann nicht alles haben.*

SIE findet, dass ich eigentlich ein originelles Büsi bin, aber durchaus intensiver schnurren sollte, wenn sie mich streichelt. Denn genau deshalb halte sich der Mensch eine Katze. Das sehe ich zwar nicht ein, denn ich lasse mich von gar keinem Menschen halten. Nie! Ich schnurre trotzdem jeden Tag ein bisschen mehr und lauter. Das ginge aber noch besser, wenn das Schwere in meinem Bauch nicht wäre. Bei dir war alles besser. Da war es in mir drin immer lustig und leicht.

Liebes Tierheim, Hole mich! Nimm mich zu dir zurück!

Deine Zaza

Eine traurige Tatsache

Eines Tages sass Nachbarskater Tiger vor der Terrassentür und wollte von mir gestreichelt werden. Aber ich konnte die Türe nicht öffnen, denn Zaza rannte im Eilschritt heran.

Und dann passierte es: Zaza warf sich hinter dem Glas vor dem Kater zu Boden und rollte sich zu ihm hin. Er blieb vor der Türe hocken und staunte sich die Augen aus. Zaza aber begann leise zu maunzen, zu zirpen und zu piepsen. Sie trillerte dem Kater eine wundervolle Arie über Zuneigung und Freude. Es war ergreifend. Endlich stand das RICHTIGE Wesen vor der Tür. Das hatte sie also vermisst! Zum ersten Mal schien sie glücklich zu sein. Verwundert und entzückt beobachtete ich das Schauspiel, bis Tiger sich trollte – und dann hatte ich begriffen! Zaza war in ihrem Leben nie eine Einzelkatze gewesen. Sie brauchte deshalb keine Mitmenschen, sondern Mitkatzen!

Ich setzte mich auf einen Stuhl, um für mein armes, fehlplatziertes Büsi zu weinen.
Es wäre alles logisch und vermeidbar gewesen, wenn die Heimleiterin genau diesen Umstand berücksichtigt hätte. Oder ich!

Denn das ist Zaza's Vorgeschichte:

Zaza kam aus einer kleinen Zweizimmerwohnung, wo sie mit sechs weiteren Katzen gelebt hatte. Die Vermieterin hatte die Geruchsemissionen nicht länger geduldet und die Katzen mussten weg. So kam Zaza ins Tierheim, wo sie weiterhin von der Gesellschaft vieler Katzen profitierte. Einmal wurde sie von einem Mann ausgewählt. Aber der brachte sie nach einigen Wochen wieder zurück, weil das Tier unruhig war und ihn mit seiner Nervosität nervte. So kam Zaza sogar vorübergehend ins Heim für nicht vermittelbare Katzen – und von dort schickte man sie wieder zurück, weil sie doch für eine Platzierung genug sozialisiert sei. Alles hatte man berücksichtigt, nur nicht bedacht, dass diese Katze Gesellschaft brauchte. Jetzt war sie hier – und schon wieder falsch.

Das konnte nicht sein!

Das durfte nicht so bleiben!

Ich hängte mich ans Telefon, und rief im Tierheim an, um eine zweite Katze zu holen.

Aber die Heimleiterin hatte keine, die zu Zaza passte. Wir sollten die Eingewöhnungszeit abwarten und Zaza dann ins Freie lassen, riet sie.

Zaza in Luft aufgelöst?

Seit einer Stunde suchte ich. Das Haus war abgeschlossen, alle Fenster zu. Durch ein Schlüsselloch kann eine Katze nicht verschwinden. Also!

Ich rief.

Ich lockte.

Ich schüttelte den Sack mit den Kräckern und klopfte mit der Gabel auf den Rand des Fressnapfs. Nichts. Zaza blieb verschwunden.

Systematisch suchte ich das ganze Haus ab.

Ich schaute hinter jede Tür,

unter jedes Bett,

hob jede Decke an,

suchte in allen Schränken,

bückte mich unter die Büchergestelle,

schaute in die Waschmaschine,

zog die Schubladen auf, obschon sie in einer Schublade gar nicht Platz finden konnte.

Ich folgte der Spur der Zerstörung, die sie vor ihrem Verschwinden angerichtet hatte. Das waren zerrissene Papierrollen, einen ausgeräumten Sack mit Stoffresten, durcheinander geratene Bücherstapel, eine umgekippte Zaine mit frischer Wäsche, vom Stuhl geangelte, neu geordnete Zeitungen, nichts.

Nach einer weiteren Stunde Suchen zweifelte ich an meinem Verstand. Hatte ich vielleicht die Tür aufgemacht, ohne es selber zu registrieren? Dann, ja dann war das arme Büsi mit Sicherheit verloren. Sie war ja noch keine Freigängerin.

Ich setzte mich aufs Sofa, um über mich nachzudenken. Das Herz wurde mir schwer und schwerer. Aber dann nahm ich aus dem Augenwinkel eine kleine Bewegung wahr: Zaza! Da stand sie ja und machte mit leise hingehauchtem Miau auf sich aufmerksam. Streicheln liess sie sich nicht. Aber sie forderte all die Versprechen, die ich ihr im Lauf der zwei Stunden gemacht hatte, ein. Nur wo sie gewesen war, wollte sie mir nicht verraten.

Frische Brise

Eines Tages öffnete ich Zaza die Terrassentür. Die Sonne schien und eine leichte Brise wehte.

Zaza blieb perplex auf der Schwelle stehen. Sie duckte sich tief auf den Boden, um dem Wind auszuweichen. Aber dann gaukelte ein Schmetterling heran und setzte sich auf den Dill. Schwupp, und die Katze war weg! Bevor ich realisierte, was geschehen war, sass sie mitten im Blumentopf. Der Dill, eigens gepflanzt um Schmetterlinge anzulocken, war in Sekundenschnelle geknickt und hing trist herab. -
Zaza hatte den Schmetterling immerhin nicht erwischt! Er flatterte davon und Zaza flog hinterher.

Und ich? Ich musste zusehen, dass die Katze im Jagdfieber nicht über den Terrassenrand hinaussprang. Es wurde kritisch. Zum Glück war die Giesskanne voll. Ein Schwall als Abschreckung, und Zaza floh von der einen Ecke der Terrasse zur andern, ganz darauf bedacht, dass ich sie nicht fassen konnte. Der Wind war ihr plötzlich nicht mehr zu rau und die Stunde nicht zu kalt.

Ich stolperte hinter der Katze her, fiel über den Lavendelstock und fand mich mit aufgeschürfter Nase und einem Büschel Blüten im Haar auf einem Sack Komposterde.

Der Schmetterling gaukelte heran, verfolgt von Zaza, die mich gleich als griffiges Sprungbrett benutzte. Ihre Krallen hinterliessen Spuren auf meinen nackten Armen. Mühsam rappelte ich mich hoch. Die Kratzer brannten wie Feuer. Aber das durfte jetzt keine Rolle spielen. Zaza war in Gefahr, die Kontrolle über ihr Tun zu verlieren. Ich vollführte wahre Zirkusstücke über Blumentöpfe und Giesskannen, ohne Aussicht auf Erfolg und ohne Rücksicht auf Verluste.

Dann balancierte Zaza plötzlich ausserhalb des Geländers, am äussersten Terrassenrand herum. Er heizt sich in der Sonne extrem stark auf und bei Nässe ist er glitschig. Zaza neigte sich sehr weit über den Rand hinunter, um in die Tiefe zu schauen und aus diesem Blick ihre privaten Schlüsse zu ziehen. Vor allem aber war sie dort für mich unerreichbar. Ein lautes Wort, eine winzige Fliege, eine dumme Bewegung - und sie läge unten. Der Gedanke allein war schon ein Alptraum. So lehnte ich mich nur noch stumm an die Wand.

Selbstverständlich bestimmte Zaza, wann sie von der Aussicht, vom Terrassenrand, von Sonne, Wind und Kälte genug hatte. Da konnte ich noch so schlottern!

Ich glaube, während diesen Spaziergängen auf der Terrasse hatte die Katze begriffen, dass man vom Menschen mehr als nur Futter fordern konnte. Ob sie aber auch begriffen hatte, dass sie sich die Geräusche und Gerüche der Umgebung für den späteren Freigang merken sollte, das sollte ich sehr bald erfahren.

Eines Tages entschied ich, dass sie genug gelernt hatte und öffnete ihr die Haustüre.

Alptraum Freigang

Nach unzähligen Terrassenspaziergängen, wo Zaza die Umgebungsluft riechen und die Geräusche kennen lernen konnte, öffnete ich ihr die Tür ins Freie. Es war ein günstiger Moment, denn es goss in Strömen.

Zögernd machte sie einige Schritte hinaus, beschnupperte kurz die Hausecke, nahm darauf gleich in einer Art Schreck die ganze Gartentreppe hinunter in einem Sprung - und verschwand im Gebüsch. O je, das war wohl der Gartenschlauch, diese falsche Schlange! Bis ich beim Gebüsch war, hatte Zaza sich in Luft aufgelöst. Man soll sich mal mein Entsetzen vorstellen! Nach drei Wochen: Katze rausgelassen – verloren - weg.

Ich rief, lockte, bettelte – nichts. Ausser dem trostlosen Rinnen des Regens war ringsherum Stille. Der Regen ergoss sich dafür von oben in meine Stiefel und in das notdürftig bedeckte Haar – einen Schirm wagte ich nicht zu nehmen, damit Zaza sich nicht erschreckte, sollte sie doch irgendwann noch meiner ansichtig werden – ja, das Haar war bald klitschnass.

Nach langem Warten materialisierte sich Zaza auf dem Hausplatz. Woher sie gekommen war? Keine Ahnung. Die Haustür hatte ich wohlweislich einladend offen gelassen. Zaza nahm Witterung auf und schlich sich von selbst ins Haus hinein. Ich tappte leise hinterher, um zu schliessen. Drinnen nahm sie in einem Anfall von Übermut Anlauf, hüpfte in Quersprüngen durchs Haus, um durch die ebenfalls in Vorsehung offen gelassene Hintertür wieder das Weite zu suchen. Sie jagte in hellen Sätzen auf und davon! Wie ein bunter Blitz, mal da hin, mal dorthin, irrlichternd. Der einzige Ort, den sie mied, war der, wo ich stand. Irgendwann endlich war sie dann so erschöpft, dass sie sich auf dem Vorplatz anfassen und ins Haus tragen liess. Glauben Sie mir, ich drehte den Schlüssel drei Mal im Schloss!

Anderntags sammelte ich erst meinen Mut zusammen, hüllte mich in mehrere Kleiderschichten und stellte verschiedene Paare Gartenstiefel an strategisch wichtige Punkte. Dann gingen Zaza und ich hinaus. Sie hielt erst ganz vernünftig inne und beschnupperte die Giesskanne, den Strauch an der Ecke und verinnerlichte die Informationen am Reisbesen. Aber dann flatterte ein Vögelchen in den nahen Strauch. Sie sauste davon, immer dem Vogel nach, so schnell, als ob sie sich demnächst selbst in die Lüfte erheben könnte.

Diesmal wollte ich sie nicht aus den Augen verlieren. Also rannte, stolperte und keuchte ich hinterher. Man stelle sich das mal vor! Ein Vogel, eine Katze - und eine Frau hinter den beiden her! Lächerlich! Aber mir war nicht ums Lachen. Mit einem Kriegsruf scheuchte ich Zaza in letzter Sekunde vom Nachbarsgarten weg. Sie jagte zurück, in meinen Garten, hinauf, hinab, hin und her. Wurde das Tier, das sich im Haus jeweils schon nach zwei Wohnzimmerlängen hinlegte, draussen nie auch nur ein bisschen müde?

In einem übermütigen Schub nahm sie Anlauf für einen Sprung – und landete direkt im Gartenteich. O du dummes, kopfloses Huhn von einer Katze! Der Schreck sass. Immerhin das. Aber statt perplex stehen zu bleiben oder auch nur ansatzweise sich das Wasser aus den Pfoten zu schütteln, raste sie mit ungebremster Energie zwei Mal ums Haus herum. Erst dann liess sie sich erschöpft zu Boden sinken, anfassen und ins Haus zurückbringen.

Dritter Versuch! Der Eingang war von Tiger aus der Nachbarschaft blockiert. Zaza und er kannten sich vom Sehen. Das heisst, sie hatten schon lange vorher durch die Glasscheibe Kontakt miteinander aufgenommen. Zaza, das freundliche Wesen, hatte dem Kater mit der ganzen Vielfalt ihrer Körpersprache Unterwerfung und Freundschaft signalisiert. Nun werden wir ja sehen, ob diese Freundschaft auch galt, wenn sich die beiden LIVE begegneten. Ich schubste den Kater leicht vom Eingang weg, lenkte ihn ausnahmsweise mit einigen Katzenkräckers ab und liess Zaza ins Freie schlüpfen. Die Fluchtdistanz war eindeutig nicht gewährleistet. Die beiden Katzen beschnupperten sich erst ausgiebig, dann startete der Kater sein Kriegsgeheul. Zaza liess sich darüber nicht vergraulen. Sie umging ihn zuerst, drehte sich dann von ihm weg und trottete davon. Er aber blieb vor dem Eingang hocken und schmachtete nach Streicheleinheiten, für die er jeden Tag mindestens einmal vorbeikam. Aber dafür hatte ich keine Zeit. Ich musste Zaza folgen, damit ich sie nicht völlig aus den Augen verlor.

Zaza beschleunigte, sobald sie meiner ansichtig wurde. Bald waren wir miteinander in jenes Rennen verstrickt, das der Mensch immer verliert. Appell hatte sie so oder so keinen. Und zu allem Elend schlüpfte sie nun doch durch den Zaun in

Nachbars Garten hinein. Je nu. Da hinein hatte ich keinen Zutritt. Ich musste sie laufen lassen.

Schweren Herzens kehrte ich ins Haus zurück. Von Zeit zu Zeit rief ich sie. Nichts. Kein Laut, nirgends ein Zeichen von Bewegung.

Nach zwei Stunden sah ich Zaza wankend über des Nachbars Dachfirst balancieren. Ja, Sie haben richtig gelesen: ÜBER DEN DACHFIRST! Mir gefror das Blut in den Adern. Wie hatte sie denn das geschafft! Wenn sie bloss nicht abstürzte! Und wie wird sie es schaffen, unverletzt zurückzukommen! Ich flehte sie an. Säuselte. Erniedrigte mich vor ihr, indem ich ihr Versprechungen, die ich nie würde einhalten können, gab. Ich machte mich mit meinem Gejammer im ganzen Quartier lächerlich. Sie aber würdigte mich keines Blicks. Stur schaute sie in die entgegengesetzte Richtung. Was das wieder heissen sollte! Heimweh nach dem Tierheim, vielleicht? Orientierungsschwäche? Freiheitsdurst? Oder alles in allem? Und: Wie dumm kann eigentlich eine Katze sein? Wer weiss das schon! Enttäuscht und frustriert ging ich ins Haus zurück.

Zwei Stunden gingen vorbei, in denen ich nicht viel anderes machte, als vom Schreibtisch zur Tür und wieder zurück zu laufen. Nervös. Frustriert. Verärgert. Vergrault.

Aber dann hockte Zaza mit einem Mal im Garten! Träumte in einen Baum hinauf, das liebe Tier. Was für eine Freude! Sie hatte alles geschafft. Allein! Das Herunterkommen vom Hausdach, ohne den Einsatz von Feuerwehr oder ähnlichen Hilfsmitteln. Den Heimweg, einfach alles. So ein Glück!

Bevor ich Zaza wieder Freiraum gab, überlegte ich mir trotzdem ernsthaft den Einsatz einer Katzenleine, um das dumme Katzentier endlich zu zwingen, sich die Wege und strategisch wichtigen Orte im Garten zu merken. Einzig die Angst, sie könnte mir entkommen und mit einer frei schleifenden Leine irgendwo hängenbleiben, hielt mich davon ab.

Also: Hand aufs Herz und Türe auf. Zaza blieb einige Momente stehen, sagte der Giesskanne und dem Reisbesen guten Tag und trollte sich dann. Aus dem Trott wurde in null komma nix ein gestreckter Galopp. Weg war sie! Nix wie los stürzte sie sich in Nachbars Garten, in diese undurchdringliche Wildnis hinein. Das dumme und unverbesserliche Tier! Als ob mein Grundstück nicht genügte! Selbstverständlich hatte sie wieder keinen Appell! Stur raste sie davon. Und heute schaffte sie es sogar, den Zaun fliegend zu überspringen. O je, nun also auch noch das! Mein Herz sank wie ein Stein auf den mit Ängsten gepflasterten Grund hinab. Nun war mir Zaza so gut wie endgültig verloren! Auf der andern Seite läuft das Land nämlich ins Unermessliche aus. Und sie hatte doch nichts an Erfahrung. Sie hatte doch früher keinen Freigang gehabt Sie wusste nicht, wie gross die Welt ist und schon gar nicht, wie man sich darin orientiert.

Nach einer halben Stunde thronte sie auf dem Gartengrill des übernächsten Nachbarn. Zuoberst, klar. Starrte von dort aus in die Ferne, als erwarte sie die Erfüllung eines geheimen Wunsches. Dann sprang sie hinunter, ein entferntes Ziel im Blick und in den Beinen. Sie eilte das Strässchen hinunter und trennte sich in Windeseile von allem, was sie bis jetzt kennen gelernt hatte.

Ich wusste: „Das ist nun das grosse Heimweh! Das arme Tier! Nun macht sie sich auf und läuft nach Zürich zurück, wo sie herkommt - und wird dort nie ankommen! Was für ein fürchterlicher und trauriger Moment! Hätte ich nur doch eine Katzenleine gekauft! Was wäre schon das Hängenbleiben mit geschleifter Leine gegenüber diesem Verlorengehen! Ich rief, lockte, aber sie hörte nicht hin, sondern lief und lief, immer weiter weg.

Da! Am Ende eines langen Zauns hielt sie endlich inne. Sie duckte sich, änderte die Richtung und sprang wie in grossem Glück in riesigen Hüpfern auf einen Kaninchenstall zu. Sie war so entzückt über die fremden Fellwesen, dass sie vorbehaltlos den Zaun übersprang und im Kaninchengehege landete. Die Kaninchen liefen Amok. Mittendrin stand Zaza und schien über alles völlig erstaunt. Aber nicht lange! Die Kaninchen, über diesen ungebetenen Besuch nicht ganz so erfreut wie Zaza, jagten sie mit Schimpf und Schande davon. Und sie, statt nach Hause zu finden, lief wieder mal in die entgegengesetzte Richtung.

Ich holte den Feldstecher und stürzte mich in die Stiefel. Sie jetzt noch verlieren, das durfte einfach nicht sein. Schon stand sie im Eingang eines fremden Hauses. Roch es dort vielleicht besser als bei mir? Ich ärgerte mich. Solche Beleidigungen von Katzen bin ich nicht gewohnt!

So schnell ich konnte, eilte ich das Strässchen hinunter, um sie zurückzuscheuchen, sollte sie sich erfrechen, noch weiter auszureissen. Aber dann kam mir das Glück zu Hilfe: Ein fremder Kater blockierte ihr den Weg. Sie erstarrte und blieb hocken. Lange, lange veränderte sich die Szene nicht mehr. Ich fror an die Zehen und gab das leidige Warten im Freien auf.

Als ich das nächste Mal nachsah, waren die beiden verschwunden. Mein verzweifeltes Rufen lockte bloss einen alten, dicken Kater an. Wenigstens das. Es zeigte immerhin, dass mein Rufen für normale Katzen verständlich war. Da der Kater mich aber einmal arztreif gebissen hatte, war ich nicht sonderlich erfreut, ihn an meinen Beinen zu spüren. Ich liess ihn enttäuscht stehen. Er war in diesem Moment einfach nicht der Richtige für mich.

Unruhig eilte ich im Haus von Fenster zu Fenster. Drei Stunden schon war Zaza unterwegs! Dabei hatte ich ihr absichtlich vor dem Auslauf nichts zu fressen gegeben. Hatte sie denn keinen Hunger? Oder hatte das undankbare Katzentier schon irgendwo Futter gefunden, das besser schmeckte?

Es klingelte an der Tür. Der Nachbar meldete: „Du suchst doch deine Katze. Sie ist wieder da!"

Ja da stand sie. Sie war aber nicht allein zurückgekommen, sondern mit zwei fremden Katzen im Schlepptau. Vor allem aber war sie so in die Aktivitäten der zwei Gespielen verstrickt, dass sie gar nicht daran dachte, davon zu laufen. Der eine Kater lief weg, als er meiner ansichtig wurde. Der andere war bereits so mit Imponieren beschäftigt, dass seine Muskeln nicht mehr gehorchten. Er stellte sich quer und heulte Zaza mit kriegerischem Unterton an. Und sie? Sie sträubte gerade mal drei Härchen und machte leise Miau. Dann schaute sie mich vertrauensvoll an. Flehte sie um Hilfe oder wusste sie nicht einmal, was für ein Machtspiel hier gespielt wurde? Auf jeden Fall wollte ich sie nicht mit dem fremden Aggressor allein lassen. Ich wagte mich näher heran. Sie streckte sich, liess den fremden Kater links liegen und lief mir geradewegs in die Arme hinein. O Zaza, was bist du für ein wunderbares Wesen!

Fünfter Versuch: Es stürmte und war feucht. Zaza beschloss, es nicht ins Freie zu wagen. Erst spät am Tag lief sie zögernd zum Haus hinaus. Sie schlich geduckt einige Meter der Hauswand entlang und kam schnurstracks wieder zurück. Wir hatten es geschafft!

Zaza: Eingelebt!

*H*eute hat meine Liebste unserem Zusammensein die Krone aufgesetzt, indem sie es ungefragt hat schneien lassen. Draussen.

Das ist so gekommen: Ich steh wie immer aus meinem Bett auf, das ich seit einiger Zeit mit meiner Liebsten teile, – und da war draussen alles weiss. Meine Liebste ist sonst mit Aufstehen immer etwas später dran als ich, sodass ich mit Stimme und Pfote nachhelfen muss. Aber nicht heute früh! Kaum halbwach kichert sie schon und sagt: „Nun werden wir sehen wie du das schaffst, im Schnee."

Sie öffnet die Tür und will mich sofort hinaus-schubsen. Ich schnuppere zwischen Tür und Angel in die kalte Luft hinaus und weiss sofort: „Das ist nichts für mich!" Vor Überraschung über den merkwürdigen Zustand der Welt kurve ich ums Zimmer herum, springe über Tisch, Stuhl und Sofa und verlange wieder hinaus. Leider ist der Schnee immer noch da und die Luft riecht keinen Deut einladender. Ich gehe sonst ungern rückwärts, aber in so einer Situation ist es unerlässlich. Schnee! Das ist die reine Zumutung! Den will ich nicht und da hinaus kann ich nicht! Nie!

Wenn ich aber nicht raus kann, unterliege ich der Unterbeschäftigung. Das wiederum nervt meine Liebste, weil ich ihr dann stets vor den Füssen herumlaufe und ihr meine Vorhaltungen mache. Heute schreie ich sie unentwegt an: „Krall's endlich und tu den Schnee weg!" Aber sie versteht immer nur Miau.

Nach dem fünfundzwanzigsten Mal der Türöffnung packt sie mich und stellt mich kaltblütig hinaus. Es gelingt mir zum Glück, ihr beim Mich-Loslassen schnell die Hand zu zerkratzen. Aber dann bin ich drin, in diesem weissen Zeug, und zwar bis an den Bauch hinauf.

Der Schnee sticht und beisst an den Pfoten. Mir wird heiss und kalt in einem, so entsetzlich neu ist das für mich. Ich rase los, dass es nur so stiebt. Völlig ausser mir gelange ich ins Haus zurück, sause die Treppe hoch, stelle mich oben quer und schliddere wieder hinab. Schnee! So eine verrückte Sache! Mit Bocksprüngen lande ich unversehens wieder draussen, schaffe es diesmal bis zur Ecke und von da unter der Gartenhecke hindurch mitten in die Wiese hinein. Meine Liebste ruft von der Türe her: „Komm endlich rein, glaubst du, ich will

55

wegen dir noch lange frieren?" So sind sie halt, die Menschen! Ohne rechten Verstand.

Wie du vielleicht gemerkt hast, nenne ich die Meine NEU meine Liebste. Sie versucht ja, es mir recht zu machen. Ich bin jetzt zwei Monate hier und habe das Zusammenleben zwischen uns gut in den Griff gekriegt. Ich konnte so ziemlich alles verwirklichen, was ich zu meinem Wohlbefinden brauche. Die lückenlose Pflicht mir gegenüber ist dabei ein wichtiger Aspekt in unserem Zusammenleben. Deshalb bin ich in der Verweigerung von nicht adäquatem Futter nachhaltig und konsequent, anders würde es meine Liebste nicht begreifen. Seit ich einmal drei Tage nur Trockenfutter gefressen habe, hat sie sich endlich die richtige Dosenfarbe eingeprägt.
Die Annehmlichkeit, praktisch jederzeit einen Menschen zu meinen Diensten zu haben, möchte ich allein deshalb schon nicht mehr missen.

Nach dem täglichen Aufstehen hat sich meine Liebste sofort mit mir zu beschäftigen. Das ist ihr anfänglich schwer gefallen. Deshalb wollte sie mich jeweils am Morgen zuerst brutal an die frische Luft befördern. Das ist keineswegs in meinem Sinn, denn ich will Spiel. Nach einer langen Nacht in Zweisamkeit brauche ich im Minimum dreissig Minuten Schnürchenziehen oder Bällchenwerfen. Da ich aber keine Unkatze bin, habe ich dafür zum so genannten Büsi-auf-den-Arm-nehmen ja gesagt. Ich liebe es nicht sonderlich, halte es aber aus. Und zwei Mal war es mir bis jetzt schon so angenehm, dass ich unversehens schnurren musste.

Eines habe ich dabei gemerkt: Der Mensch ist dringend auf mein Schnurren angewiesen. Wenn er es verdient, schenke ich es gern, vor allem wenn er mich begleitend dazu krault.

Heute ist die Katzentür angekommen. Ich weiss zwar noch nicht genau, was das ist. Meine Liebste hat bloss gesagt, dass sie für mich ist. Weil sie es satt hat, mir so oft vergebens die Tür aufzumachen, bloss um mir zuzusehen, wie ich zwischen Tür und Angel kauere und nicht weiss, was ich will. Obschon sie zugibt, dass ich grundsätzlich gesehen ein schöner Anblick bin!

Auch draussen ist etwas Neues angekommen: Die Liebste sagt: „Zaza das ist ein Vogelhaus. Sie füttert es mit Körnern. An denen habe ich kein

Interesse. Viel lustiger sind die kleinen Federbällchen, die durch die Luft ans Futterhaus kommen. Ich schaue ihnen gerne zu und habe sogar angefangen, sie aufrichtig und ernsthaft zu studieren. Meine Liebste wundert sich zwar und sagt: „Die kleinste Spinne im Haus wird von dir aufgespürt und gejagt, aber die Vögel lässt du komischerweise in Ruh. Völlig unüblich, dein Verhalten! Wer weiss, vielleicht bist du ja kurzsichtig und ich muss dir eine Brille kaufen!" Aber so ist es nicht. Ich studiere die Vögel vorerst gern von weitem! Sie beleben meinen Geist. Mehr nicht.

Heute mit dem vielen Schnee ist niemand für mein Spiel in den Garten gekommen. Normalerweise kriege ich schon frühmorgens Besuch von Tiger, dem Bauernkater. Erst hatte er die irrige Meinung, ich müsse ihm an der Tür Platz machen. Er hat versucht, mich mit Kriegsgeschrei wegzuscheuchen und mir eins auszuwischen. Aber die Liebste hat ihn aufgeklärt, dass ich rechtens an erster Stelle komme und dass er draussen bleiben muss.

Ich besitze vier Feinde, bestehend aus Büsi (unkastriert), Tiger, Räuel (unkastriert) und Mau.

Wobei Tiger leicht unterzukriegen ist. Bei den andern sehe ich mich gezwungen, bei ihrem Anblick zu knurren, was bei meiner Liebsten völlig unnötige Lachanfälle hervorruft. Immerhin hilft sie mir, wenn es brenzlig wird. Darauf kann ich mich verlassen.

Mit Tomi, dem kleinen Kätzchen, habe ich es sehr lustig. Sie hat mir gezeigt, wie ich auf den Baum hinauf und wieder herunter komme und wie man vom Baum aus aufs Dach springt. Wir stecken täglich zusammen. Sie sucht mich und ich suche sie. Dummerweise bin ich ihr letzthin in eine Fabrik hinein nachgelaufen und dann ging die Tür zu. Die ganze Nacht lang war ich eingesperrt und anschliessend waren meine weissen Pfoten für viele Tage schwarz. Meine Liebste hofft, dass mir das eine Lehre sei, zweifelt aber ernsthaft daran. Denn heute bin ich in dem Nachbarn sein Auto rein, weil es daraus so interessant riecht. Und letzthin schlich ich mich in Silvias Wohnung, weil sie so genannt lüften musste.

Meine Liebste sagt, dass ich in Bezug auf Neugierde leider ein Phänomen bin. Und dass sie befürchtet, dass ich einmal in einem Auto drin mitgenommen werde, wenn ich so weitermache und sie mich dann nicht mehr hat. Wahrscheinlich stimmt das sogar. Denn ich war auch schon in Nachbars altem Kohlenkeller, und holte mir dort einen Kopf voll schwarzer Spinnweben. Dann war ich in einem bewohnten Kaninchenstall und auf einem Balkon von Katzenhassern. Beides ist mir nicht sehr bekommen, leider. Und zu Hause spielte ich in einer Zaine voll Christbaumschmuck. Diesmal ist es den Kugeln nicht bekommen, aber meine Liebste hat mir verziehen, weil ich mich an den Scherben nicht verletzt habe.

Genug für jetzt, damit sich nicht noch deine Haare über meinen Geschichten sträuben. Ich bin sowieso müde von dem vielen Schnee. Nun werde ich meine Liebste suchen, um mich von ihr streicheln zu lassen. Und wenn sie mich genügend gestreichelt hat, darf sie bei mir im Bett schlafen. So lange ich will!

Zazas Gesundheit

Mit Zazas Gesundheit stand es anfänglich nicht zum Besten. Aufgewachsen in einer gen Wohnung mit wenig Bewegung und wenig frischer Luft war ihr Immunsystem schwach. So dauerte es nur einige Wochen, bevor sie das erste Mal zu niesen und zu schniefen begann. Sie war zwar zuverlässig geimpft worden, das bewies der Impfausweis der ursprünglichen Besitzerin. Trotzdem erwischte es sie. Und wie! Sie litt an Halsweh, verstopfter Nase und tränenden Augen, ein Bild des Jammers.

Der Tierarzt mass hohes Fieber und diagnostizierte einen Schnupfen mit Lungenentzündung. Zur Belohnung für die unsanft gesteckte Spritze sprang sie ihm ins Gesicht und verpasste ihm einige Kratzer. Und ich? Statt zerknirscht auf den Patzer zu reagieren, musste ich vor lauter Stolz über meine wehrhafte Mieze das Lachen unterdrücken.

Aber das Lachen verging mir schon bei der ersten Pillengabe. Allein war das sowieso nicht zu schaffen, denn Zaza ist in Sachen Wehrhaftigkeit ein Ausnahmetalent.

Nach der ersten Überlistung hatte sie den Dreh los. Sie erriet schon beim Herannahen der richtigen Eingabezeit unser Vorhaben und war in Alarmbereitschaft. Dass das Haus gross und normalerweise alle Türen geöffnet sind, erleichterte die Aufgabe nicht. Nur schon das Schliessen der Tür, damit sie nicht abhauen konnte, liess sie beinahe die Wände hochgehen. Denn anders als es der Tierarzt uns hatte glauben machen wollen, hasste sie den Geschmack der Pillen. Das Futter mit der kleinsten Menge Medizin beigemischt liess sie stehen. Bei meinen Vorträgen über die Wichtigkeit des Medikaments verschloss sie die Ohren und hörte einfach nicht zu. Sie war eine äusserst schwierige, unvernünftige Patientin. Zudem hat eine Katze eine beachtenswerte Anzahl von Krallen.

Wir versuchten alles: Butter, damit die Pille besser den Hals hinunterrutscht, Stückchen von Pouletfleisch mit eingeschnittener Tasche zum Einstecken der Pille, wahre Kunstwerke…Leberwurst, das Oel von Thon… Wir wickelten Zaza in ein Frottiertuch und drückten ihr das Maul auf und wunderten uns, wer seiner Katze auf diese Art eine Pille eingeben konnte. Alle konsultierten Ratgeber müssen dreivierteltote Tiere mit Antibiotikum abgefüllt haben, wenn es ihnen gelungen war, diese zu überlisten.

Wir gaben aber nicht auf. Je länger die Behandlung dauerte, je gesünder Zaza wurde, desto schwieriger wurde es. Aber wir hielten durch.

Noch lange, nachdem Zaza wieder gesund geworden war, fanden wir überall ausgespuckte Pillen. Wie sie es geschafft hatte, diese so lange im Maul zu behalten und dann irgendwann irgendwo auszuspucken, bleibt Zazas Geheimnis. Wir hatten doch immer gewartet, bis sie geschluckt hatte…

In den ersten zwei Jahren erkrankte Zaza drei Mal an einem Schnupfen mit Beteiligung der Lungen. Danach hatte sie diese Schwäche überwunden und ist seither eine gesunde, robuste Katze.

Zaza: ich bin krank!

Ich bin eingesperrt, sodass ich nicht hinaus kann. Es ist so, dass ich beim Tierarzt gewesen bin, weil ich bei der Feindesbekämpfung Zweite gemacht habe. Weil ich schon vier Tage zuvor von irgendwo einen Schlag abgekriegt hab. O Aumiau war ich nicht im Vollbesitz meiner Entscheidungen, als ich in den Kampf einstieg. Ich habe deshalb einen Biss abgekriegt mit Infektion und Fieber. Ich war so krank, dass ich weder im Transportkorb herumschrie noch den Tierarzt bekämpfte, was sonst grundsätzlich gegen meine Prinzipien ist. Nun muss ich Pillen fressen, gegen alles. Der Tierarzt hat mir vorgeschwärmt, dass die Pillen so herrlich wie die allerbesten Katzenkräckers schmecken. Und dass ich sie von selbst fressen werde. Ich würde mich sogar mit Wonne darauf stürzen, hat er behauptet! Was beweist, dass der Tierarzt keine Katze ist und keine Katze hat. Und dass er in seinem Leben höchst wahrscheinlich noch gar nie Katzen-Kräckers mit Pillen probiert hat. Sonst wüsste er es besser.

Die Liebste will mich in diesem müden Zustand nicht hinauslassen. Und eigentlich finde ich es ausnahmsweise ganz schön im Haus. Ich schlafe ein bisschen, fresse ein bisschen - und dann schlafe ich wieder. Wenn aber meine Liebste anfängt mir in die Ohren zu säuseln, dass ich ein armes, liebes Zazakätzchen bin, verkrieche ich mich schleunigst unters grosse Bett. Das heisst übersetzt: Pille! Bis unters Bett reichen ihre Arme nämlich nicht.

Das Vorgehen meiner Liebsten beim Eingeben der Pille ist leider völlig unzimperlich. Sie stopft sie in mich hinein. Wobei sie zu zweit an mich ranmüssen, sonst würde sie es nie schaffen. ER jagt mich, packt mich und hält mich fest. Wäre ich nicht so kaputt von all dem Elend, ich würde ihn ob so einer Behandlung das Fürchten lehren. SIE drückt mir nachfolgend das Maul auf und wirft mir die Pille ein. Selbstverständlich weigere ich mich, zu schlucken. Und wenn ich denke, sie guckt nicht mehr hin, entlasse ich die Pille wieder. Aber wahrscheinlich bin ich wirklich nicht im Vollbesitz von mir, denn die Liebste merkt es beinahe jedes Mal. Sie zischt: „So nicht, meine Allerliebste! Wir machen diese Übung so lange, bis du geschluckt hast".

Neu streicht sie etwas an die Pille, das ich ziemlich gern habe. Ich glaube, es heisst Quark. Um mich nicht lange abzuquälen und vor weiteren

Angriffen meiner Menschen zu schützen, schlucke ich.

In der Nacht kommt meine Liebste zu mir ins Bett. Dann rutsche ich ein wenig zur Seite, sodass sie auch noch Platz hat und mich stundenlang streicheln kann. Worauf ich unweigerlich mit Schnurren reagiere. Dann behauptet meine Liebste, dass Schnurren für meinen Heilungsprozess positiv ist wegen der Anregung der Zirkulation. Wer's glaubt!

.

Die grosse Abenteurerin

Zaza entwickelte sich immer mehr zur ganz grossen Abenteurerin. Sie war dauernd dort anzutreffen, wo am meisten ‚Action' war:
Auf frisch angehäuften Erdhaufen
in den Autos der Handwerker,
in der Nähe von laufenden Maschinen,
in frisch gegrabenen Gräben,
unter Lastwagen,
in der Werkstatt der schlimmsten Katzenhasser
und in jedem noch so erdenklichen Loch.

Einmal schleppte sie sogar eine Tüte mit Katzenkräckers an, die sie aus der Küche der Nachbarn geklaut hatte.

Und mehr als einmal sahen wir uns gezwungen, sie mit ausgehängten Flyern zu suchen.

Zum Glück tauchte sie immer von selbst wieder auf. Oft mit stark verändertem Aussehen, wie damals, als sie in Nachbars alten Kohlekeller eingestiegen war. Danach war das Weisse in ihrem Fell tagelang rabenschwarz. Putzen liess sie sich aber nicht, denn ‚Angefasst werden' ist jenseits ihrer Toleranzschwelle und in ihrem Lebensplan nicht vorgesehen.

Einmal stöberte ich sie frühmorgens in der nahen Fabrik auf, wo ich auf die ersten Arbeiter gewartet hatte, um dort nachzusehen. Sie lief mir durch all die riesigen Maschinen entgegen. Meine Anwesenheit war ihr Glück, denn die Fabrikbesitzer sind alles andere als Katzenliebhaber.

Bei Vollmond war die Gefahr, Zaza an den Erdtrabanten zu verlieren, am grössten. Ob sie dem silbernen Lichtstrahl über die Wiese nachlief, bis sie nicht mehr nach Hause fand? Oder ob sie gar nicht mehr nach Hause wollte, bei dem grossen Reichtum an Attraktionen die eine Sommernacht in der Natur zu bieten hat? Stöberten wir sie in einem noch so entfernten Wiesengrund auf, hatte sie wenigstens Appell und lief nicht noch weiter von uns fort. Ein Glück.

Nun, mit den Jahren ist sie ruhiger geworden – oder die Umgebung ist fertig gebaut. Grossereignisse wie Terrainveränderungen mit einem Trax, Einsätze von Lastwagen und dergleichen sind nirgends mehr nötig. Was bleibt, ist noch der gemeindeeigene Schneepflug, ein Ungetüm. Aber Schnee ist zum Glück kalt und nass...

Zaza will nur spielen!

Au! - Zaza hat meinen Zeh erwischt, der unter der Bettdecke hervorgeschaut hat. Hat ihn angepeilt und angesprungen. Hat ihn mit den Krallen festgehalten. Blut fliesst und der giftige Schmerz schiesst bis in den Kopf hinauf. Ja, ich weiss: Zaza will nur spielen. Aber trotzdem, olala! So will ich nicht mit dir spielen, Zaza!

Manchmal vergesse ich, dass die zärtliche Zaza mit den weichen Samtpfoten eine schwer bewaffnete Hausbewohnerin ist. Will sie sich wehren, ist sie mir haushoch überlegen. Sie ist mit achtzehn messerscharfen Krallen bewaffnet, gegen die ich mit meiner zarten Haut keine Chance habe. Passt der Katze etwas nicht, dann zögert sie nicht, diese einzusetzen. Die Folgen sind lange, schmerzhafte Kratzer oder kleine Triangel in der Haut, wenn sie mit einer Kralle einhängt und zieht. Wenn nötig wehrt sie sich auch mit einem Biss. Durchdringt er die Haut, wird es gefährlich. Die Reisszähne hinterlassen kleine, tiefe Wunden, die sich bald schliessen ohne zu bluten. Sehr oft entzünden sich Katzenbisse, da die Katzenzähne voller Bakterien sind. Ein Arztbesuch ist also gleich schon nach dem

Ereignis angezeigt. Die Spätfolgen sind sonst vielleicht Infektionen, die manchmal gar eine Operation nötig machen.

Punkto Schnelligkeit ist Zaza mir sowieso bei weitem überlegen. Wer je versucht hat, seine Mieze gegen ihren Willen einzufangen, kann ein Lied davon singen. Der Mensch ist allein schon durch seine Grösse schwerfällig und seine Behändigkeit verblasst gegenüber der des Tiers. Auch beim Spielen mit einer Katze ist Vorsicht geboten. Die eigenen Finger sollten dabei nicht ins Spiel kommen, sonst kriegen sie ganz sicher einige Kratzer ab. Katzen sind und bleiben Raubtiere, mit allem ausstaffiert, was es zur erfolgreichen Jagd braucht.

Auch wenn sich dies extrem gefährlich liest, gibt es kein zärtlicheres sanfteres Wesen als eine Katze. Man muss sich einfach bewusst sein, dass sie allein bestimmt wie das Zusammenleben zwischen ihr und ihrem Menschen funktionieren soll - und ihr dann selbstverständlich den Willen lassen.

Zaza: Ich und die Jagd

Seit meine Liebste das Vogelhaus mit Körnern füttert, ist die Welt nicht mehr in Ordnung. Ständig hockt sie am Fenster und beobachtet mich, als ob sie etwas von mir erwarten würde. Soll ich etwa hochklettern und die Körner fressen? Oder soll ich mich oben drauf setzen und die Körner hüten? Wohl eher das Zweite, denn diese werden dem Vogelhaus nämlich fortlaufend geklaut. Und zwar von vielen verschiedenen kleinen Etwas, die im Federrausch angeflogen kommen. Man nennt sie Vögel. Sie sehen entzückend aus, wenn sie sich so durch die Luft ans Vogelhaus werfen. Ich liebe sie, vom ersten Moment an schon habe ich sie ganz unerklärlich geliebt. Jedenfalls zieht es mich immer wieder zum Vogelhaus, wo ich mich dann hinsetze, um meine Studien an diesen kleinen fliegenden Dingern zu machen.

Und genau da hakt meine Liebste ein. Sie sagt: „Ich finde es eigentlich ganz toll, dass du nicht jagst, Zaza. Weisst du, es ist überaus deprimierend, wenn einen seine Katzen ständig mit halb lebendigen Vögeln beliefern. Und trotzdem befremdet es mich, dass du es nicht mal PROBIERST, einen zu *fangen! Es ist nicht katzen-like. Hast du vielleicht nicht ganz alle beisammen?"*

Echt, ich finde das beleidigend! Wie kann SIE sich so eine Aussage erlauben! Wenn ich bedenke, wie viele Mängel SIE an sich hat: Schlechtes Gedächtnis in Bezug auf mein Lieblingsfutter, Schwerfälligkeit, Langsamkeit und ungelenke Grösse. Und das ist erst der Anfang!

Mein Klagelied ist damit aber noch nicht zu Ende. Heute, als ich wieder einmal zufrieden und froh meine Studien am Vogelhaus mache, kommt meine Liebste angestakst, packt mich mir nichts dir nichts und trägt mich ungefragt zu einem Loch im Boden. „Nun? Was sagst du dazu?" fragt sie lauernd. Ich schweige mich aus, weil ich nämlich dazu gar nichts zu sagen habe. Ich wüsste nicht was! Sie hakt nach: „Erkennst du nicht, was du da vor dir hast?"

Ich ärgere mich. Bin ich denn in einem Verhör oder was? Mit einer schnellen Bewegung befreie ich mich aus ihren Krallen, die mich in unwürdiger Weise vor dem Loch festgehalten haben.

Sie fährt mit anklagendem Ton fort: „Da hast du ja ganz schön Arbeit im Garten! Fang nur gleich an damit!"

Offen gestanden weiss ich nicht, was ich mit so einem Loch soll. Soll ich mich darin verstecken? Oder rollt es vielleicht davon, so dass ich mit ihm spielen kann? Wie die Bällchen im Wohnzimmer? Nein. Ich fahre zur Probe mit der Pfote hinein, und als es sich nicht von der Stelle rührt, wende ich mich gelangweilt ab.

Meine Liebste schimpft: „Das ist ein Mausloch und davor sollst du hocken bleiben! Und zwar genau so lange, bis du die Maus kriegst, die darin wohnt!"

Von wegen Davorhocken! Was eine Maus ist, weiss ich sowieso nicht. Und im Tierheim hatten wir nicht so etwas Mangelhaftes wie einen Boden mit Löchern.

In diesem Moment kommt mein Halbfeind Tiger angeschlendert. Klar, dass er sofort meine Liebste anpeilt, um sich bei ihr einzuschleimen. Sie bückt sich wie immer, um ihn zu streicheln, was sich eigentlich nicht gehört. Mich würdigt Tiger nur eines vorsichtigen Blickes, weil ich ihn gestern hinterrücks angefallen und ihm eins übergezogen hab. Und ich würdige ihn überhaupt nicht.

Tiger streicht also um die Beine meiner Liebsten und fällt dabei fast in dieses Loch hinein. Und damit ist es auch schon um ihn geschehen!

Aufgeregt stürzt er sich hin und schnüffelt es ab. Seine Augen werden glasig und seine Ohren lang und länger. Seine Beine knicken ein, sodass seine Schnurrhaare fast am Loch kleben bleiben. So bleibt er hocken. Ganz still! Bettelt nicht mehr um Streicheleinheiten und vergisst sogar meine Anwesenheit. Und meine Liebste fällt zu allem Überfluss noch in Verzückung. Sie ruft: „Siehst du nun, Zaza, Tiger hat genau die richtige Einstellung einer Katze! Hockt sich pflichtbewusst vors Mausloch und macht sich an die Arbeit! Ich hoffe, du wirst auch noch auf den Geschmack kommen und zu mausen beginnen. Sonst muss ich tatsächlich noch einige Fremdkatzen einstellen! Willst du das? Wohl kaum!"

Ich wende mich ohne Kommentar ab und klettere ziemlich hoch auf den Baum. Jedenfalls so hoch, dass ich mir allfällige weitere Ausführungen nicht mehr mit anhören muss. Soll sie mir nachklettern, wenn sie ihre Predigt unbedingt noch länger ausdehnen will. Dass sie das nicht kann, weiss ich ja.

Und nun aber jetzt! Da herrscht so genannt Frühling. Die Sonne heizt mein Fell auf, dass ich mich rundum wohl fühle. Und die Fliegen an der

Wand heizt sie auch auf, so dass ich es mit ihnen wieder einmal ganz lustig hab. Das Fliegenspiel geht so: Die Fliegen versuchen mir durch Flug zu entkommen, und ich springe so hoch, dass ich genau wie sie fliege. Was ich erwische, fresse ich auf. Das kitzelt lustig im Maul und macht Lust auf mehr.

Wie ich so am Fangen bin, sehe ich plötzlich ETWAS an der Wand! Ein grosses, buntes Flatterding! Ganz neu! Viel versprechend! Ich lauere ein bisschen, dann nix wie drauflos, bevor es mir entwischt. BEUTE! Ich packe mit den Krallen zu und passe auf, dass sie mir nicht entkommt…

Mit dem Flatterding im Maul stürze ich ins Haus. Hier lasse ich meine Beute los, damit das Ding wieder davonfliegt und ich es von neuem fange. Wieder und wieder, Frust und Lust.

Ich bin völlig in mein Spiel versunken. Deshalb höre ich meine Liebste gar nicht kommen. Nur schwach dringt ihre Stimme in meine glückliche Laune hinein. „Was hast du da?", fragt sie.

Ich beachte sie nicht.

Sie, eine Spur lauter: „Kannst du mir mal zeigen, wieso du dich so komisch benimmst?"

Ich gebe keine Antwort.

Sie tritt näher. „Hast du vielleicht etwas ge-
fangen und ins Haus gebracht?" Ihre Stimme hat
den spitzen Ton, der nichts Gutes verheisst. Des-
halb beschliesse ich, nicht hinzuhören.

„Zeig her, was du da tust!"

Ich konzentriere mich. Mein Flatterding sitzt
nämlich neu im Vorhang und ich muss zusehen,
dass ich es nicht aus den Augen verliere. Mit einem
Sprung gehe ich zum Angriff über. Erwischt! Ich
halte es zwischen den Pfoten, während meine
Liebste loszetert: „Spinnst du eigentlich! Das ist
ein wunderschöner Sommervogel, der erste in
diesem Jahr! Und der muss gleich von dir gefangen
und kaputtgemacht werden!" Ihre Stimme
überschlägt sich, was mir völlig egal ist. Soll sie
reden! Ich will spielen. Hauptsache, mein
Sommervogel flattert noch. Ich lasse meine Pfote
von ihm, damit er fliegt. Seine Flügel sehen schon
arg mitgenommen aus, aber er setzt wieder zum
Flug an. Ich hebe die Pfote, um erneut
zuzuschlagen.

Schnapp!

Mit dieser schnellen Reaktion meiner Liebsten
habe ich tatsächlich nicht gerechnet, bei so viel
menschlicher Schwerfälligkeit. Sie sperrt den
Sommervogel vor meiner Nase in den Käfig ihrer

Hände. Ohne mich eines Blickes zu würdigen, öffnet sie das Fenster und lässt ihn in den Garten fliegen. Danach bückt sie sich und will mich streicheln. Aber so nicht, nicht mit mir! Ich bin wütend und schlage mit ausgefahrenen Krallen nach ihrer Hand. „Das war nötig", faucht sie.

Ich rolle mich in einer depressiven Verstimmung auf dem Sofa zusammen. So bleibe ich, bis ich irgendwo im Raum ein leises, tiefes Brummen wahrnehme. Blitzschnell bin ich auf Achse. Wo! Wo bist du, du wunderbares Jagdobjekt! Ich fahre vom Sofa und laufe geduckt durchs Wohnzimmer. Suche...suche... Da, an der weissen Wand eine Mücke! Wart, warte bloss, Mücke, gleich werde ich dich haben.

Ich springe hoch. Sie entkommt und fliegt davon. Wohin? Ich sitze still. Drehe bloss meinen Kopf nach allen Seiten und lausche, bis ich den Brummton wieder in die Ohren kriege. Da! Sie kreist unentwegt um die Tischlampe. Ich springe auf den Tisch und lasse meinen Blick hart ihrem Flug entlang kreisen. Jetzt surrt sie in meine Nähe. Ich ducke mich... und fliege ihr geradewegs entgegen!

Mein Katzensprung ist's! Die Mücke habe ich erwischt! Ich lande zwar in der Obstschale, dass es

77

knallt. Äpfel, Birnen und Bananen springen vor Schreck auf und davon. Die Mücke aber, die halte ich mit den Pfoten fest und fresse sie in mehreren Bissen auf.

Zufrieden bleibe ich in der Schale hocken, um mich zu waschen. Dann rolle ich mich für mein längst fälliges Schläfchen zusammen. Wie von weitem höre ich, wie meine Liebste in den Raum tritt. Um ihrem Entsetzensschrei zu entwischen, falle ich in Tiefschlaf und bleibe so lange dort, bis sie sich von ihren Ausfälligkeiten erholt hat und ihren Händen befiehlt, mich unter dem Kinn wach zu kraulen.

Kleiner Vogel mit grossem Glück

Katzen jagen. Es kommt dabei nicht immer gut. Zaza ist mit den Jahren eine aktive Mäusejägerin geworden, aber bei Schnee und Kälte bleiben die Mäuse unter dem Boden. Dann ist sie arbeitslos oder unterbeschäftigt und jagt alles, was sich bewegt. Meistens erwischt sie keine Vögel. Bis sie oben am Futterhaus klebt, sind sie längst weg. Auch will das Warten unter dem Strauch partout nichts nützen.

Aber an jenem dämmerigen Morgen passierte es: Zaza erwischte eine Blaumeise und schleppte sie beinahe unverletzt durch die Katzenschleuse ins Haus. Selbstverständlich entkam die Meise. Sie setzte sich erst erschreckt und zerzaust zuoberst auf die Sauna. Also stellte ich die Katze vor die Tür und machte das Fenster auf. Der Fall dürfte sich bald von selbst ins Reine bringen. Ja, nach einer halben Stunde war der Vogel weg.

Glaubten wir.

Also schlossen wir das Fenster und öffneten Zaza die Tür.

Bei der Nachkontrolle hörten wir es: Hinter der Saunawand kratzte es. Flatterte wie wild. Ein Blick auf das Holzgebäude zeigte: Zuhinterst, in der hintersten Ecke gibt es ein kleines, offenes Loch für den Einzug der Kabel. Genau in dieses Loch hinein war der Vogel gefallen. Für uns absolut unzugänglich. Für Zaza auch. Im Klartext: Der Vogel sass in lebensgefährlicher Sicherheit fest, unerreichbar für die samtpfotige Mieze. Die Spalten zwischen Zimmerwand und Saunawand sind mit einem Gitter abgedeckt. Der Vogel müsste aus dem gleichen Loch heraus wie er hinein ist. Unmöglich! Vögel fliegen dem Licht entgegen und dies ist die dunkelste Ecke vom ganzen Raum. Und zwischen Saunadach und Zimmerdecke bleiben nur 35 Zentimeter. Mit knapper Not und vielen Verrenkungen konnten wir den Arm durchschieben und das vorderste Gitterblech abschrauben. Die Spalte, die zum Vorschein kam, war äusserst schmal. Sie reichte nicht, um die Flügel so weit aufzuspannen, dass Fliegen möglich ist!

Unterdessen flatterte der Vogel weiter. Aber die Pausen wurden länger, der Flügelschlag schwächer. – Und dann? Wenn er tot ist? Die Mischung aus Mitleid und Ärger war nach fünf Stunden perfekt.

Vielleicht wusste der Schreiner Rat. Er hatte die Sauna einst eingebaut. Zum Glück wohnte er gleich um die Ecke.

Mit einem Armvoll schweren, einbruchstauglichen Werkzeugen begleitete er uns nach Hause. Und er brachte das Kunststück fertig, mit diesen brachialen Werkzeugen und seiner puren Kraft die Sauna zur Seite zu schieben.

Uff! Ein kleines Geflatter – und der Vogel flog geradewegs zum offenen Fenster hinaus.

Es war Abend geworden. Aber irgendwie ging die Sonne nochmals auf.

Zaza: Ich und die Maus

Wie Zaza es schliesslich doch noch geschafft hat, an eine Maus zu kommen, bleibt für immer ein Rätsel. Irgendwann kam sie mit einer nach Hause und legte sie mir, wie alle Katzen, als Geschenk vor die Füsse. Tot, zum Glück. Nach diesem Ereignis ist sie sogar in eine Art Jagdfieber gekommen und hat fast täglich ein Opfer heimgebracht. Dank der Katzentüre waren die Opfer immer häufiger auch im Haus zu finden, Tag und Nacht – angezeigt durch eindeutiges, durch geschlossene Kiefer herausgepresstes Geheul - und leider waren die armen Beutetiere nicht immer tot!

Zaza: Mein liebster Feind heisst DIE MAUS. Sie ist klein und graubraun, aber trotz ihrer schäbigen Grösse überaus fies und feige. Sie versteckt sich in Löchern, aus denen sie nur von Zeit zu Zeit hervorkommt.

Die Maus und ich begegnen uns also eher per Zufall. Kaum gesehen, geht der Zweikampf los. DIE MAUS ist nämlich nicht wehrlos oder gar leichte Beute, wie der Mensch es gemeinhin glaubt. Frech und falsch und im Nahkampf hinterhältig und per-

fide springt sie mir ins Gesicht und beisst voll zu. In dieser schwierigen Kampfesphase muss ich also den Mut haben, mich niederzulegen und so lange tot zu stellen, bis sich die Maus von mir abwendet. Dann erst komme ich zu Krallenschlag und Biss. Manchmal ist DIE MAUS danach tot. Ob tot oder lebendig: Ich schleppe sie durch die Katzentür ins Haus hinein und röhre nach meiner Liebsten. Mitsamt der Maus im Maul, die man jetzt Beute nennt.

Fressen tue ich DIE MAUS grundsätzlich nicht, weil sie weder filetiert noch entfellt ist. Meine Liebste verweigert sich mir, wenn es darum geht, mir diesbezüglich zu Diensten zu stehen. Sie wirft die von mir erkämpfte und tot gemachte Maus einem Bauernkater namens Tiger vor - und Tiger in seiner ordinären Art krallt sich nicht lange und frisst sie auf.

Einmal bin ich ein wenig zu lange tot gewesen. Als ich die Augen wieder aufmache, ist die Maus in ein Loch abgehauen. Das Loch befindet sich im Badezimmer, genau unter der Kombination beim Lavabo. Früher war da mal Teppich, aber den habe ich zwecks Schärfung meiner privaten Werkzeuge weggekratzt. Ich heule und tobe vor dem

Loch herum, um die Maus zum Weiterkämpfen herbeizulocken. Nichts. Mein Geschrei lockt nur meine Liebste an. Sie wirft sich auf die Knie und legt sich dann flach, um mit mir ins Loch hinein zu gucken. Und dann tobt sie los: „Du dummes Huhn!" wobei sie unmissverständlich mich und nicht die Maus meint. „Weißt du nichts Gescheiteres als eine Maus ins einzige Loch im Haus, das so ein Idiot von einem Handwerker vergessen hat, verschwinden zu lassen!"

Ein Idiot? Was ist das?

Ich rolle mich ans Loch und angle mit der Pfote danach. Nichts. Bloss hinten in der Wand ein leises Kratzen. Ich stürze hin und scharre, aber die Wand gibt die Maus nicht her.

„Da haben wir nun den Mist", keift meine Liebste. „Du kannst hier hocken und herumheulen, bis die Maus in der Wand gestorben ist! Und ICH habe danach den widerlichen Gestank! Ausgerechnet im Badezimmer, wo alles nach Sauberkeit duften muss! Oder glaubst du etwa, ich hole jetzt den Badezimmerbauer und lasse die Kombination ausbauen, um dir zu deiner Maus zu verhelfen?"

Ich verschliesse meine Ohren und trotte davon. Jagd und Frust haben mich hungrig gemacht. Wegen der Maus ist sowieso nichts zu machen, da *kann ich mich gleich hinter das Fressen aus dem Napf machen. Aber meine Liebste läuft mir nach, packt mich aus dem Hinterhalt und sperrt mich ins Badezimmer ein. „Tu deinen Job und hüte das Loch, bis ich mir überlegt habe, wie wir die Maus aus dem Versteck herausholen!"*

Ich hasse nichts mehr als verschlossene Türen. Als freie Katze muss ich jeden Moment Ein- und Aus- gang haben. Deshalb setze ich mich an die Tür und heule die Türfalle an, bis ich vor Erschöpfung zusammen breche.

Nach Stunden oder Tagen – was weiss ich schon, wenn ich schlafe - öffnet sich die Tür und meine Liebste kommt mit einem Ding herein, das mich an meinen Transportkäfig erinnert.

„Mal seh'n, ob eine Feldmaus Käse frisst", murmelt sie und stellt den kleinen Käfig genau vor's Loch. Und zu mir: „Raus jetzt, wir brauchen hier absolute Stille!"

Ich verbiete ihr sonst mir gegenüber solch respekt- lose Töne, aber angesichts des Käfigs trolle ich mich.

Nach einer langen und erholsamen Sequenz mit Dösen komme ich wieder zu mir. Ich trotte völlig relaxt an den Futternapf, um nachzusehen, was es Neues gegeben hat.

Meine Liebste wartet schon auf mich. Sie lockt: „Schau, was ich gefangen habe!", und stellt mir den Käfig samt Maus direkt vor die Nase. Vor Schreck ob so viel Nähe mache ich einen Riesensprung und lande voll in der Wasserschale. Die überraschende Nässe beleidigt mein Fell. Sie jagt mich durch die Zimmerpflanzen, übers Sofa mit frisch bezogenen Kissen, und von da direkt durchs Fenster, ins Freie hinaus.

Ein Zurück gibt es nicht. Wenigstens nicht, bis Bauernkater Tiger alles Weitere im Zusammenhang mit dieser Maus erledigt hat.

Gib DU mir etwas zu Fressen!

Zaza: Ich, wieder Wohnungskatze!

Seit heute bin ich wieder eine Wohnungskatze. Es ist von selbst so gekommen. Ich war gestern nämlich draussen auf der Suche nach ein bisschen Ärger, obschon mir die so genannte Bise das Fell verwüstete. Es war so kalt, dass sich selbst mein grösster Feind, die Maus, nicht zeigte. Langeweile nagte an meinem Tatendrang. Zum Glück warf sich ein offenes Loch vor meine Augen. Da sich niemand in der Nähe befand, schlich ich mich hinein, auf Entdeckungsreise. Dahinter roch alles fremd, sodass sich meine Nackenhaare vor freudiger Spannung sträubten. Ich tastete mich auf meinen Samtpfoten durch den Raum, sprang lautlos auf verschiedene Gestelle und schnupperte alles ab. Ich inspizierte die geheimsten Ecken und liess mich von den vielen neuen Gerüchen antörnen. Als ich mich mit allem EINS fühlte, markierte ich die Dinge mit Köpfchenreiben zu meinem Besitz.

Da gab es einen Donnerknall und das Loch hinter mir fiel zu. Ich sprang vor Überraschung von meinem neuen Gestell, dass die Dinge schepperten.

Etwas hüpfte hinter mir her und zerschellte am Bo-
den. Worauf ich mich hinter eine Kiste verdrückte
und dort angemessen lang in Erstarrung hocken
blieb. Ich horchte hinaus, aber die Geräusche von
draussen fielen plötzlich von meinen Ohren ab.
Meine Augen suchten auch nach längerem Warten
vergeblich nach dem hellen Ausgang. Man nennt
diese Situation „eingesperrt".

Zuerst blieb ich still und wartete darauf, dass das
Loch von selbst wieder aufging. Als es dies nicht
tat, fing ich an zu miauen. Das Loch zeigte kein
Einsehen. Da heulte ich so laut, dass mein neu
erworbenes Gestell vor Begeisterung über meinen
Sound erzitterte. Nur beim Loch tat sich nichts. Ich
meckerte, kratzte, zwitscherte und gackerte. Nichts.
Als mein ganzes Repertoire nicht ausreichte, das
Loch wieder aufzumachen, sank ich zu Boden und
fiel in einen langen Erschöpfungsschlaf voller
Hunger und Durst. Ich erwachte zwar, als meine
Liebste draussen nach mir herumschrie. Das war
leider mitten in der Nacht, weshalb sie mich mit ih-
rem untauglichen Blick nicht entdeckte.

So blieb, blieb und blieb ich bis zum frühen Mor-
gen eingesperrt. Dann öffnete sich das Loch von

selbst. Schwere Schritte polterten in den Raum. Ich wollte gar nicht wissen, zu wem sie gehörten, sondern sah zu, dass ich zwischen den langen Beinen hindurch entkam. Hierher, zu mir. Nach Hause.

Deshalb bin ich nun wieder eine Wohnungskatze. Ich brauche vorläufig meine absolute Ruhe. Im Moment habe ich auch alle meine Feinde über und mag nicht an einen Kampf denken. Es sind dies die Bise, Tiger, das Schwärzeli, die Maus, Barry, der böse Nachbar, das so genannte Töffli und alle Einsperrkisten. Ich wälze mich auf meiner Bettdecke und denke an nichts anderes als an Schlaf und ans Fressen. Und wenn meine Liebste von Zeit zu Zeit vorbeischaut, mir etwas vormeckert, zirpt und gackert, und mich zusätzlich noch krault, ist die Welt für mich auch ohne Ausgang voll in Ordnung.

Die Klavierkatastrophe

Als ich nach einigen Urlaubstagen Klavier spielen wollte, blieben die Tasten reihenweise stumm. So wurde das Instrument zum Notfall. Nach der Symptombeschreibung kam der Klavierstimmer noch spät abends, um der Ursache auf den Grund zu gehen. Wir konnten nämlich nicht ausschliessen, dass Zaza indirekt die Verursacherin war. Wahrscheinlich sass eine Maus im Instrument.

Ein Klavier sieht nur auf den ersten Blick wie ein geschlossener Kasten aus, unten befindet sich ein kleiner Spalt... Ob sich eine Maus durch diese schmale Öffnung hatte zwängen können, konnte zwar niemand wirklich glauben. Aber tatsächlich! Nachdem der Klavierstimmer das Instrument bis auf die Rippen auseinander genommen hatte, sprang eine kleine Graupfote heraus. Sie hatte bereits einige Bänder an der Mechanik durchgebissen. Mäusekot verklebte die Tasten.

Geputzt war schnell und danach funktionierte das Klavier wieder einwandfrei. Die Maus sass unter dem Sofa. Zaza, welche das Problem in den Griff bekommen hätte, war im Ausgang. Sie liess uns im Stich. Ich bestückte deshalb eine Falle mit feinstem Käse und schloss die Tür.

Umsonst!

Am Morgen sass die Maus wieder in ihrem vertrauten Zuhause, dem Klavier. Sie war auch nicht bereit, es zu verlassen, als ich wütend auf dem Instrument herumhackte, von oben nach unten und wieder zurück.

Das wollte mir von den Leuten, die am Nachmittag zur Krisensitzung erschienen waren, keiner glauben. Nicht mein Mann, nicht der Klavierstimmer, und auch nicht der Schreiner. Aber die Maus war sonst nirgends aufzufinden. Nicht tot und nicht lebendig. Zaza konnte die Sache auch nicht erledigt haben, denn sie frass nichts, das ihr nicht schon filettiert auf den Teller gelegt worden war.

Die drei Männer legten das Klavier vollständig auf den Rücken. Der Schreiner nahm Mass, zimmerte in seiner Werkstatt einen Boden, bohrte das Klavier an und schraubte den neuen Boden auf. Danach stellte er es wieder auf. Ich lärmte darauf herum. Die Maus blieb.

Beissen gestresste Mäuse? Der Klavierstimmer bedauerte nun, keine Lederhandschuhe dabei zu haben. Zögernd hob er die ersten Tasten heraus…
Ich gebe zu: Eigentlich war die Maus ja süss, wie sie uns so aus der Tastenlücke heraus anguckte. Sie nahm blitzschnell Reissaus und verschwand unter den nächsten Tasten. Der Klavierstimmer musste das Klavier tatsächlich nochmals vollständig in seine Bestandteile zerlegen, um dem kleinen Biest auch den letzten Unterschlupf zu nehmen. Es floh und versteckte sich in einem Vorhang.

Die Zunge hing uns bei der darauf folgenden Mäusejagd zum Hals heraus. Und dann verschwand die Graupfote im Unterbau des Sofas, nur noch der Mäuseschwanz hing neckisch daraus heraus. Wir mussten - nach dem Klavier - nun mit dem Abbau des Sofas beginnen. Stück für Stück rupften wir aus dem Gestell. Die Maus floh erst, als das Möbelstück bis auf die Rippen auseinander genommen war und seine Teile kreuz und quer im Wohnzimmer lagen. Zaza, die Ursache des Übels, war nun endlich auch zum Mitmischen bereit. Sie war zwar der Maus im Tempo gewachsen, aber das dumme Katzentier griff nicht an. Hatte sie etwa Angst?

Kurz nach Mitternacht fand die Maus endlich in der Falte einer Wolldecke ein dunkles Versteck. In dieser Decke trug ich sie hinaus und liess sie laufen. Sie war quicklebendig – aber wir - glauben Sie mir - wir waren zu jener Stunde halbtot.

Zaza: Ich und mein Haustier

Ich komme von meinem Urlaub aus dem Tierheim zurück. Nach so viel netter Ge- sellschaft schlägt über mir die häusliche Einsam- keit wie der Deckel des Transportkorbs zu. Und so kann ich vorerst nichts anderes tun, als frustriert von Zimmer zu Zimmer zu wandern und herum zu heulen.

Meine Liebste ist im Interpretieren meines Verhaltens nicht immer geschickt. Deshalb wertet sie mein Elend bloss als geistige Verwirrtheit über den abrupten Domizilwechsel. Und sie verordnet mir das Schlimmste, was es in meinem ohnehin schon einsamen Zustand gibt: Hausarrest! Ich hocke mich in meinem Elend zuunterst unters Bett, um darüber nachzugrübeln, wie ich dieser lähmenden Leere ein für alle Mal entfliehen kann.

In meinem Leben gab es eine Zeit, wo ich im Tierheim zur Vermittlung zur Verfügung stand. Da habe ich aus den Gesprächen von Mensch zu Mensch erfahren, dass er sich gegen die Einsamkeit Haustiere hält. Katzen zum Beispiel. Oder Hunde, Vögel und andere Kleintiere. Mir wird nun beim intensiven Nachdenken schlagartig bewusst, dass es auch für mich von Vorteil wäre, ein Haustier zu halten. Als Spielkamerad und Streichelobjekt sozusagen. Gegen die nagende Einsamkeit. SIE gibt auch vor, hie und da jemanden zum Streicheln zu brauchen, und damit meint sie immer mich. In solchen Momenten verfolgt sie mich, will mich hochheben und an sich drücken, was sich leider aus meiner Sicht meist nicht genau dann realisieren lässt. Im intensiven Nachdenken komme ich zum Schluss: Ich brauche ein Tier! Somit kann ich das Heulen einstellen und darf endlich hinaus.

Gleich beim ersten Freigang fange ich mir eine Maus. Ich passe auf, dass ich sie beim Festhalten nicht verletze und schleife sie unversehrt durch die Katzenschleuse.

Beim Nachhause kommen verzichte ich aufs Siegesgeheul, um meine Liebste auf keinen Fall auf mich mit der Maus aufmerksam zu machen. Nach meiner Erfahrung kriegt sie nämlich beim Anblick von mir, kombiniert mit Beute, Zustände, die ich hier lieber nicht näher beschreibe. Ich bringe die Maus schnurstracks in die Küche und entlasse sie in der Nähe meines Futternapfs in die neue Freiheit. Nachdem sie sich unter dem Einkaufskorb etwas beruhigt hat, biete ich ihr meine Freundschaft an. Allerdings unter der Bedingung, dass wir einander gegenseitig leben lassen. Und dass sie von fiesen Spielen, wie zum Beispiel: Maus springt Katze ins Gesicht, Abstand nimmt. Ich hingegen würde sie als Gegenleistung hie und da im Haus herumjagen und so tun, als würde ich sie auffressen. Das sollte sie aber nur als Freundschaftsspiel verstehen. Als Beweis für meine lauteren Absichten lasse ich die Maus ausgiebig von meinen angetrockneten Katzenfutter-Resten fressen, was sie dankbar annimmt. Danach jage ich sie probehalber ein wenig in der Küche herum, damit ich testen kann, ob auch sie es mit der neu gegründeten Freundschaft ernst meint und mir beim Spiel nichts zuleide tut. Fortan nenne ich sie Graupfote, denn – auch das habe ich den Menschen abgeguckt - zur Tierhaltung gehört unbedingt ein passender Name fürs eigene Tier. Alles beginnt perfekt und es bleibt so schön, wie es angefangen hat - und von mir aus hätte es grenzenlos so weitergehen können.

Aber eines Tages taucht SIE im dümmsten Moment in der Küche auf. Graupfote hat mir gerade ein kleines Versteckspiel rund um Einkaufskörbe und Taschen offeriert und wir sind *kurz davor, es zu beginnen. Ich kauere also da und schliesse in der Vorfreude auf die kleine Jagd die Augen.*

Die Liebste guckt mich kurz an und sagt alarmiert: „Was hockst du so komisch herum? Hast du Bauchweh? Vorhin warst du doch noch in Ordnung!" Sagt's, tritt an mich heran, um meinen Bauch zu befühlen.

In jeder andern Situation wäre ich von ihr weggelaufen, aber jetzt bin ich so begierig aufs Spielen, dass ich bloss einen kleinen Sprung in Richtung Graupfote mache. Ich will damit auch verhindern, dass mein kleines Haustier in der Panik ob so viel menschlicher Nähe abhaut und ihrerseits meine Liebste in Panik versetzt.

Die Meine hat leider gleich gemerkt, dass etwas nicht ist wie sonst. Sie kneift die Augen zusammen und ruft: „Ich bin fast sicher, du hast hinter den Körben lebendige Beute versteckt! Warte nur, das haben wir bald". Und schon schubst sie mich zur Seite, zerrt angewidert Körbe und Taschen hervor, um dann beim Anblick meiner kleinen, erschreckten Graupfote mitsamt dem angesammelten Häufchen Mäusedreck in wüstes Gezeter aus. zubrechen. Was folgt, ist die übliche ungelenke Mäusejagd meiner Liebsten, nur dass es sich diesmal bei der Gejagten um mein geliebtes Haustier handelt.

Graupfote hat's überlebt, aber wohl nur deshalb, weil die Meine – Sie verstehen, dass ich sie in diesem Fall nicht mehr meine Liebste nenne – keiner Fliege etwas zuleide tut. Aber Graupfote musste hinaus, wo ich sie nicht mehr schützen kann, wenn feindliche Katzen nur darauf warten, sie mit Haut und Haar zu verschlingen.

Ein positives Nachspiel hat das Ganze: Meine Liebste hängt sich endlich ans Telefon, um mir im Tierheim eine Katzenfreundin zu besorgen.

Eine Freundin für Zaza

Ein Tierheim ist immer voll Katzen. Eine von ihnen auszuwählen, machte mich ganz kribbelig. Sie sollte so etwas wie Zazas Freundin werden, um ihren ewigen Hunger nach richtiger Gesellschaft zu stillen. Etwa gleich alt müsste sie sein. Zaza war jetzt sechs. Dazu ein schnurrendes Schmusetier für mich. Ich hoffte auf einen glücklichen Zufall.

Zuoberst auf dem Gestell sass eine wunderschöne Schildpattkatze mit unergründlich tiefgrünen Augen, die vor Angst weit aufgerissen waren. Das Fell flackerte in allen wild durchmischten Schwarz-Braunschattierungen, und war mit roten Irrlichtern gesprenkelt. Es war dieses Dramatische, gepaart mit dem magischen Katzenblick, das mich sofort in den Bann zog. Das war nicht jedermanns Katze, den Blick eines solchen Tieres muss man ertragen können. Auch das Wilde, Düstere, das von dieser Katze ausging, musste man mögen. Auf den ersten Blick war sie das pure Gegenteil von Zaza. Sie hiess Zora und war ein Findeltier. Wochenlang hatte sie auf der Strasse nach Futter geschrien, bis sich jemand erbarmt und dem Tierheim Meldung gemacht hatte. Die Suche nach den Besitzern war bis jetzt erfolglos verlaufen. Katzen können in der Angst grosse Strecken zurücklegen, und so blieb im Dunkeln, woher sie gekommen war. Wie auch sonst alles aus ihrem früheren Leben ein Rätsel blieb.

Ich streckte mich, um sie zu streicheln und sie biss sekundenschnell zu.

„Liebesbisse", meinte die Tierpflegerin, die bereits gemerkt hatte, dass ich angebissen hatte. Für einen Liebesbiss war die Reaktion zu heftig gewesen, aber verletzt hatte sie mich nicht. Ich war deshalb nur zu gerne bereit, der Tierpflegerin zu glauben. Die Katze hatte etwa das richtige Alter, um Zaza eine Gespielin zu sein, und sie war völlig gesund. Mitnehmen konnte ich sie nicht, denn Findeltiere werden erst nach vier Wochen weitervermittelt, um eventuellen Besitzern noch eine Chance zu geben. Da Zora aber schon lange auf der Strasse gelebt hatte, hatte ich diesbezüglich keine grossen Bedenken.

Die Wartezeit fand ich ausnahmsweise sogar echt gut, denn ich hatte noch eine hohe Hürde zu nehmen: Mein Mann wusste nichts von meiner Aktion. Er war bis jetzt noch nie mit einer zweiten Katze einverstanden gewesen. Dafür gab es immerhin keine logisch nachvollziehbaren Gründe. Ich hatte ihm zwar vorgängig gesagt, dass ich mir zu meinem Geburtstag jetzt endlich diese zweite Katze wünsche. Er hatte mir nicht zugehört, so wie es gegenseitig halt hie und da vorkommt. Und so war die Situation hängig geblieben. Ich hatte nun nach dem Prinzip ‚Keine Antwort ist auch eine Antwort‘ selbstbestimmt gehandelt. Trotzdem war mir jetzt mulmig.

Mein Mann merkte nichts, als ich voller Tierheimgeruch in den Kleidern nach Hause kam. Zaza hingegen flippte völlig aus. Nie vorher war sie so zärtlich zu mir gewesen, nie hatte sie ihren Kopf tiefer in meine Kleider vergraben. Sie schnurrte, schnurrte und schnurrte. Die ganze Zaza glühte vor Begeisterung, und um sie herum wurde es ganz heiss. Sie, die zurückhaltende Katze wollte erstmals nicht mehr von mir weg. Das war für mich der schönste Beweis, dass ich mit der Vermutung, sie habe sich immer nach dem Tierheim zurückgesehnt, richtig lag.

Zaza und ich sassen zusammen auf dem Sofa und ich erzählte ihr alles, was ich schon über Zora wusste. Von ihrer wilden Schönheit, vom Liebesbiss und von ihrer Verlorenheit in der grossen weiten Welt. Ich erzählte es ihr in meiner eigens für sie kreierten Katzensprache, die jeden normalen Menschen auf die Idee bringen könnte, ich habe nicht ganz alle beisammen.

Zazas Reaktion machte mich mutig, meinen Mann sofort mit der Tatsache zu konfrontieren. Ersparen Sie mir die Einzelheiten! Immerhin verblieben wir so, dass ich Zora versuchshalber nach zwei Wochen holen konnte. Sollte das arme Zaza-Büsi drunter leiden, dann müsste ich Zora in Gottes Namen wieder zurückbringen. –

Das würde nicht geschehen. Zaza und ich wussten es.

Katze oder Monster?

Die Tierpflegerin hob Zora vom Gestell, auf dem ich sie schon bei meinem letzten Besuch angetroffen hatte. Wie ein willenloser Lappen hing ihr die Katze im Arm. Das arme Tier! Bald würde sie es schön haben: Schöne Umgebung, nette Katzenfreundin, Wunschkost...

Aber als wir Zora in den Transportkorb setzen wollten, verfügte das Tier plötzlich über unzählige Beine mit ausgefahrenen Krallen. Wir hatten zu zweit alle Mühe, sie durch die reichlich grosse Öffnung zu kriegen, und den Korb erst noch so zu schliessen, dass wir sie nicht verletzten. Unsere eigenen Verletzungen übersahen wir grosszügig.

Ich stellte den Korb hinten ins Auto, und sah zu, dass die Katze reichlich Luft und auch etwas Sicht bekam. Den Korb fixierte ich zur erhöhten Sicherheit mit einem Gummiband. Ich stellte ihn auf eine weiche Unterlage, um allfällige Schläge von der Strasse auszugleichen. Wir hatten zwanzig Kilometer zu bewältigen, alles auf der Autobahn, das sollte leicht machbar sein.

Doch mit dem Start des Motor ging es los: Es tobte und rumpelte in der Transportkiste herum, als würde der ganze Korb auf den Kopf gestellt. Und dann fing Zora an zu heulen. Nein, schlimmer: Sie heulte, jaulte, schrie und tobte in einem. Solch grauenhafte Töne würde man nicht einmal einem Tiger zuschreiben, geschweige denn einem knapp vier Kilogramm schweren Büsi. Mit einer solchen Stimme würde die Katze sogar das Opernhaus in Begeisterungsstürme ausbrechen lassen. Aber mir tropfte der Schweiss von der Stirn. Ich musste mich in diesem Monsterkonzert noch auf die Strasse konzentrieren, denn wir fuhren die am dichtesten befahrene Strecke des Kantons Zürich, den Nordring. Lastwagen donnerten an uns vorbei, aber das Gejaule übertönte selbst diese. Der Lärm von aussen verlieh Zora in ihrer Panik ein unglaubliches Stimmvolumen.

Selbstverständlich versuchte ich das Tier zu beruhigen, aber dazu musste auch ich schreien. Ich rief: „Du armes Kätzchen! Hab keine Angst! Sei bloss still! Bald sind wir zu Hause, mein liebstes, armes Zoratier!" Was man halt so sagt, wenn einem die vernünftigen Worte wegbleiben. Wobei ich mir durchaus bewusst war, dass ich damit Zora belog. Auf dem Nordring herrschte zusätzlich noch Stau. Die Reise würde dauern!

Irgendwann begann Zora wie wild im Korb herum zu scharren und danach kam zum Geheul noch der Gestank von Katzenpisse und Katzenkot. Ich drehte die Lüftung auf, damit ich es noch aushielt. Das intensive Rauschen entlockte der Katze neues Panikgeheul. Ich hätte mir am liebsten Nase und Ohren zugehalten. Aber auch ich musste die Misère aushalten, bis zum Schluss.

Als wir endlich zu Hause vorfuhren herrschte plötzlich Stille im Korb. Mir wurde schlecht. War Zora vor Angst gestorben? Können Tiere vor Stress einen Herzinfarkt kriegen? Kann man sich als Katze überhaupt so verausgaben, dass man sogar daran stirbt? Ich wusste es nicht.

Mit zitternden Beinen und schlapp vor Stress stieg ich aus und öffnete das Heck. Nein, sie regte sich noch. Sie war bloss genauso völlig erschöpft und nass geschwitzt wie ich. Ich trug sie ins Haus hinein und setzte sie in einen ruhigen, hellen Raum. Wasser und Futter standen schon bereit, auch das Katzenklo, das sie im Moment ja nicht brauchen würde. Ich überwand mich und liess sie allein, damit sie sich erholen konnte. Auch Zaza durfte nicht in die Nähe. Aber diese hatte bereits ihre Beschäftigung gefunden: Sie schmuste intensiv mit dem

Transportkorb, der so umwerfend toll nach Tierheim roch.

Zazas Verwandlung

War das noch die gleiche Zaza? Sie blühte täglich mehr auf. Seit Zora hier war, hatte sie sich in eine aufmerksame, Zärtlichkeit verlangende Katze verwandelt. Stets suchte sie die menschliche Nähe und spielte sich in den Vordergrund. Sie behinderte meine Schritte, indem sie sich vor mir auf den Boden warf und sich zappelnd auf den Rücken drehte. Kam ich die Treppe hinunter, legte sie sich der Länge nach auf die Stufe unter mir, so dass ein Durchkommen unmöglich war. Ich musste mich setzen, um sie zu kraulen. Dann tastete ich mich mit dem Fuss eine Stufe tiefer, damit sie sich auch eine Stufe nach unten bewegte. So rutschte ich Tritt um Tritt die Treppe hinunter. Diese hat fünfzehn Stufen und so können Sie sich vorstellen, wie lange es dauerte, bis das Spiel sein natürliches Ende fand.

Zaza überbordete auch sonst im Spiel und jagte nach Dingen, die gar nicht existierten. Sie zog sich dem Sofa entlang, das bald einmal sichtbare Spuren aufwies. Und neu schaukelt sie sogar am Vorhang. Alles wollte sie haben, alles wollte sie zuerst: Spiel, Fressen, das Gestreichelt- und das Gebürstet-

Werden. Sie schaffte es mühelos, sowohl uns wie auch Zora im Blick zu haben. Kaum noch ging sie ins Freie, denn sie wollte das Risiko nicht laufen, etwas im Haus zu verpassen. Zora wurde von Anfang an toleriert und somit waren auch die Bedenken meines Mannes gegenstandslos geworden.

Und Zora? Ich wurde nicht schlau aus ihr. Mit Sicherheit war sie traumatisiert, denn von Zeit zu Zeit heulte sie grundlos im Haus herum. Erschreckend! Dann suchte ich sie und beruhigte sie mit Streicheln. Das half. Zaza war ihr irgendwie egal. Dass die beiden grundverschieden tickten, war offensichtlich. Aber Hauptsache, die beiden gingen nicht aufeinander los.

Zaza: Die Neue

Schau, wie Zora geht!
Wie sie steht!
Wie sie frisst! Schau!
Guck, wie sie auf den Stuhl springt und schläft!
Nicht mal schlafen kann sie richtig.
Und sie weiss nichts von einem richtigen Katzen-
leben!
Ich hingegen bewege mich sicher im Haus. Ich
kann alles, kenne alles! Ich springe locker überall
hin und weiss hinterher, wo ich bin. Ich fange jede
Fliege. Ich fange alles! Schau mir bloss zu, du!

Und Zora? Sie weiss nicht einmal, was Fliegen
sind! Weiss nicht, wozu Bällchen geworfen werden.
Aber DIE MEINE fällt voll auf sie herein.
Schenkt ihr ihre Stimme.
Sagt ihr die lieben Wörter, die alle MIR gehören.
Gibt ihr die weiche Hand, die MICH allein gestrei-
chelt hat.
Gibt ihr MEIN Futter.
Lässt sie an MEINEM Napf fressen.

Und Zora? Sie schleicht sich nachts sogar ins
Bett.

SIE wirft sie nicht raus, sondern streichelt sie und sagt: „Schön, dass du zu mir gekommen bist, liebe Zora".

Mache ICH solches? NIE! Es gehört sich nicht, als Katze ins Menschenbett zu springen. Das sollte sie wissen, wenn sie je eine Art Bildung genossen hat.

Ich bezweifle es, denn Zora nimmt sich auch IHRE Beine, um darauf zu ruhen.

Dann schnurrt sie so laut, dass ich es höre, was eine Beleidigung für meine Ohren ist. So schnurrt man nämlich nur, solange man ein Katzenbaby ist.

Zu meinem Entsetzen sagt DIE MEINE erst noch: Liebe Zora, hast du früher vielleicht Schnurrli geheissen?

Wegen Zora kann ich nun nicht mehr ins Freie. Ich will dabei sein und zusehen, was sonst noch geschieht. Ich muss beobachten. Zora soll nicht kriegen, was MEIN ist.

Alles ist MEIN, um es klar auszudrücken. Zora sollte deshalb nichts bekommen und ich alles. Damit sie weiss, welche Katze hier das Sagen hat! ICH, Zaza!

Und weil DIE MEINE es auch noch nicht begriffen hat, hänge ich mich an den Vorhang und ziehe Fäden heraus, dass es ratscht. Das wirkt.

Die Katzentüre: Freiheit für alle

Die Katzentüre für Zaza erwies sich als Glücksfall. Wir liessen sie in einem Kellerfenster einbauen. Sie bestand aus einem Satz Lamellen von verschiedener Stärke. Zu Beginn gab es für die Katze einen Lernmodus. Die einfachste Stufe bestand aus einem weichen Lamellenkranz mit einer grossen Öffnung in der Mitte. Zaza konnte hindurchschauen, um sich zu orientieren. Sie lernte, sich sicher durch die Öffnung zu bewegen. Für eine an grenzenloser Freiheit interessierte Katze war das kein Problem.

Anschliessend wurde eine zweite Lamelle eingefügt. Sie hatte nur noch ein kleines Loch zum Durchschauen. Der Widerstand, um durch zu schlüpfen, war dem entsprechend grösser. Erst als Zaza auch diese Stufe ohne Schwierigkeiten bewältigte, kam die letzte Fassung zum Zug: Ein geschlossener Kranz von Lamellen musste von ihr mit dem Kopf durchstossen werden. Die Lamellen hielten Wind und Wetter ab und boten keinen Durchblick mehr.

Was der freie Ein- und Ausgang für Zaza bedeutete, war nicht schwer zu erraten: Sie genoss ihn in vollen Zügen. Unzählige Male schlüpfte sie in einem Tageslauf ein und aus. Oft leider auch mit Beute, was am durch die Zähne gepressten Geheul zu erkennen war. Am Tag ging es ja noch. Im wachen Zustand ist es einfacher, als Mensch auf Jagd nach Mäusen zu gehen oder irgendwelche sonstigen Tiere aufzuspüren. In der Nacht hingegen…

Was ich vorher aber nie bedacht hatte, war der Vorteil, den die Katzentüre für uns persönlich darstellte. Das schlechte Gewissen dem Tier gegenüber war wie weggeblasen. Es spielte keine Rolle mehr, wenn ich zwei Stunden später nach Hause kam oder gar einen Tagesausflug machte. Zaza war frei! Sie musste nie mehr in der Kälte auf ihre Menschen warten oder draussen hungern. Das Fressen stand für sie bereit, wann immer sie Lust darauf hatte. Und nach ausgiebiger Siesta konnte sie ins Freie schlüpfen und draussen wieder ihren ganz privaten Abenteuern nachgehen. Alles war perfekt und stimmte, eine paradiesische Zeit.

Bis Zora kam.

Mit Zora mussten wir nochmals bei Stufe eins anfangen: Der Gebrauch der Katzentür, selbst im einfachsten Lernmodus fiel ihr nicht leicht. Sie zögerte und zögerte, bis sie den Schritt durch das

Loch ins Freie wagte. Draussen lauerte so viel Fremdes, Beängstigendes. Da fand sie es nur gut, sehr vorsichtig zu sein. Oft sass sie unendlich lange vor der Öffnung und liess sich die Nase vom Wind kitzeln, um dann rechtsumkehrt zu machen und im Haus zu verschwinden. Und so war es nur logisch, dass eines Tages Nachbarskater Tiger bei uns auf dem Sofa lag. Der strich schon jahrelang ums Haus herum und wäre immer gerne hereingekommen. Nun hatte er es geschafft. Sozusagen mühelos und jederzeit. Selbst nachdem der Lamellenkranz wieder ganz geschlossen war, verschaffte er sich Einlass. Viel leichter als Zora, das dumme Huhn!

Zaza, die Soziale, war happy über den neuen Kollegen, den sie ja schon lange kannte. Und Zora schien er egal zu sein, solange man ihr die Liegeplätze nicht streitig machte.

Und da man bei allem positiv denken soll, vermerke ich hier, dass wir ab dann keine Katzenfutterresten mehr wegwerfen mussten.

Zora: Damit du es weisst!

Damit du es weisst:

Der Platz, an dem ich jetzt wohne, ist nicht standesgemäss für mich. Ich bin vornehm, eine so genannte Samtkissenkatze. Als Singlekatze brauche ich Alleinhaltung und hundertprozentige Rücksichtnahme auf sämtliche meine Bedürfnisse und Befindlichkeiten. Zaza muss weg. Sie ist eine ordinäre Strassenkatze und stört meine innere Ruhe. Deshalb fauche ich, wenn sie in meine Nähe kommt.

Zaza spielt sogar, was absolut unter meiner Würde ist. Sie spielt mit so genannter Beute, die sie von draussen anschleppt. Die läuft dann im Haus herum und bringen die Frau zum Schreien! Schreie in einem Haus! Entsetzlich! Will ich mich hier wohl fühlen, muss Zaza weg.

Und hier sind die einfachsten Regeln, die mir gegenüber immer absolut und unbedingt ein-gehalten werden müssen:

Der Mensch soll nicht auf mich zulaufen, sondern muss sich in gemessenem Schritt auf mich zu bewegen. Damit ich mir Zeit nehmen kann, um mich streicheln zu lassen.

Will mein Mensch dass ich sofort herkomme, dann muss er mich mit einer Belohnung locken.

Ich gehe ins Freie wann ich es will und nicht dann, wenn der Mensch findet, es sei an der Zeit, dass ich mich wieder einmal vom Fleck rühre.

Ich jage grundsätzlich nicht. Weder Fliegen noch Bällchen, noch sonst etwas. Und schon gar nicht das furchterregende Etwas, das Zaza hie und da lebendig heimbringt.

Ich hasse Wind und Regen und der Mensch soll gefälligst dafür sorgen, dass es davon nichts hat, wenn ich im Ausgang bin.

Der Mensch soll sich oft, lange und ruhig setzen, damit ich auf ihn drauf liege, und er mich kraulen kann, und ich schnurre. Wann, das bestimme ich.

Er soll nicht gleich mit Streicheln aufhören, nur weil ich kratze und beisse.
Ich kratze und beisse sowieso, so oft es mir passt.

So genannten Besuch brauche ich nicht, schon gar nicht solchen, der extra hergekommen ist, um mich zu bewundern.

Ich kann so oft und so viel und so lange vor etwas Angst haben wie ich will.

Im Haus herumsingen tue ich, wenn mich die Lust dazu überkommt. Auch mitten in der Nacht. Ich will dabei von nichts und niemandem gestört werden.

115

Werden diese Forderungen diskussionslos und ausnahmslos erfüllt, dann ziehe ich in Betracht, trotz Zaza hierzubleiben.

Wundertüte Findeltier

Heute hatte Zora einen Rückfall. Sie lief schreiend vor mir davon, als hätte ich sie getreten. Dabei kam ich ihr kaum zwei Meter nah. Sie sprintete treppab und sprang im Untergeschoss auf den Hochschrank. Da blieb sie in der hintersten Ecke hocken, zwei Stunden lang! Warum? War ich zu schnell gelaufen, hatte ich zu laut gesprochen, etwas Falsches getan - oder war da sonst irgendwas?

Seit Monaten schon lebt Zora bei uns.

Wenn ich mich Zoras Schlafplatz nähere, dreht sie mir den Kopf zu und beginnt zu schnurren. Ich flüstere ihr „Schnurrli" ins Ohr, aber in solchen Momenten sind wir uns sowieso in allem einig. Ihr wahrer Name bleibt, wie das meiste aus ihrem Leben, im Dunkeln. Nur etwas weiss ich: Sie wurde als Wohnungskatze gehalten. Sie begehrte nicht hinaus, liess sich von keinem offenen Fenster verführen und verzog sich in die hinteren Ecken, wenn ich die Tür öffnete. Ihre ersten Freigänge machte sie mit äusserster Vorsicht, obschon sie zuvor einige Wochen lang auf der Strasse gelebt hatte. Oder gerade deshalb. War sie aus einem

Fenster gefallen? Sie scheint nie verletzt gewesen zu sein. Vielleicht war sie im Schreck über eine Türe entkommen oder bei einem Wohnungswechsel geflohen? Oder gar als Scheidungskatze abgeschoben oder vor den Ferien ausgesetzt worden? Zora ist extrem schreckhaft, zögernd und abwartend. Aber dann ertappe ich sie, wie sie von der Terrasse aus auf den nahen Baum springt und von da aus ins Freie klettert. Naja, Zora!

Eine Fliege surrt am Fenster. Von Zora kommt keine Reaktion. Eine Spinne seilt sich vor ihrer Nase ab. Nichts. Ein Käfer läuft ihr über den Weg. Warum reagiert sie nicht? Zaza, die andere Katze jagt das winzigste Mücklein. Sieht Zora schlecht? Ich lasse ein Bällchen hüpfen. Keine Reaktion. Ich rolle ihr eine Nuss vor die Pfoten. Nichts. Dann ziehe ich eine Schnur vor ihrer Nase durch. Sie angelt liegend mit einer Pfote danach. Drei Mal vielleicht, danach ist das Spiel abgeschlossen. Hat sie kein Verlangen, kein Bedürfnis, keine Lust? Ist sie in der Vergangenheit so oft allein gewesen, dass sie depressiv geworden ist? Sie ist erst fünf! Ungefähr wenigstens, denn über ihr Alter kann niemand genau Auskunft geben. Ist man dann schon zu alt, um noch dazuzulernen? Und dann, eines Tages, saust sie unter einem Stuhl hervor und schiesst unter einen Haufen Seidenpapier. Aber das war's dann wieder für die nächsten zwei Monate.

Mit Speck fängt man fast jedes Tier, und so versuche ich, Zora übers Futter aus der Reserve zu locken. Fragt sich bloss, womit. Die ganze Palette von schön klingenden Futtermarken probieren wir durch, doch sie hat keine Vorlieben. Höchstens das Katzenfutter für Jungtiere interessiert sie. Aber das gibt's nur als Ausnahme.

„Ein wenig rohes Fleisch?" Lieber nicht.

„Gekochtes Fleisch?" Schmeckt widerlich.

„Wenn du mir ein grilliertes Hähnchen kaufst, bin ich dabei." Aber da bin ICH nicht dabei. Fast nie wenigstens.

„Dann halt Wurst!" Also bringe ich eine Wurst nach Hause. Sie, die Zurückhaltende, springt mir auf die Knie und angelt sich die Wurst ohne Scheu aus der Packung.

„Aha, DAS hast du also gekriegt", sage ich. Ich serviere ihr die Wurst in einer tiefen Tasse. Es dauert, bis sie begreift, wie man die Stückchen mit der Pfote herausangelt. Ach Zora! Bist du vielleicht einfach strohdumm?

Zora kann nur in der Nacht gelassen fressen. Eine kleine Bewegung – weg ist sie. Dabei habe ich mir längst einen Schleicheschritt angewöhnt und stehle mich wie eine Diebin aus der eigenen Küche. Von Zaza, der ersten Katze, wird sie kaum behelligt, denn die beiden haben unterschiedliche Fresszeiten. Und steht sie doch einmal da, dann füttere ich Zora in einem andern Raum in einer flachen Schachtel. Da mag nun einer lachen, aber darin fühlt sie sich geborgen.

Dass Zora so schreckhaft ist, schreibe ich dem Umstand zu, dass sie viele Wochen im Freien überleben musste. Nun hat sie schon seit Monaten stabile Verhältnisse. Irgendwann müsste mal etwas zum Vorschein kommen, das zeigt, was sie in den ersten vier oder fünf Jahren ihres Lebens an Erfahrungen gemacht hatte. Aber da kommt nichts. Und so nehme ich an, dass sie diese Jahre in grosser Einsamkeit verbracht hat. Dass sie jemandem als Abendzeitvertreib gedient hatte, der sich dann doch nicht die Mühe gemacht hat, sich intensiv mit ihr zu beschäftigen. Immerhin findet sie den Weg auf meine Knie, wenn ich ganz ruhig bin, oder sie schläft manchmal bei mir im Bett. Sie liebt es, gebürstet zu werden. Also hatte sie zu irgendwem einmal Vertrauen.

Man sagt zwar, dass Katzen sehr anpassungsfähig sind. Aber auch eine Katze steckt so viele Domizilwechsel nicht einfach weg. Wenn ich für Zora ausrechne, sind es in vier/fünf Lebensjahren im besten Fall fünf: Babyzeit irgendwo, die ersten vier Jahre anderswo, Überleben im Freien, danach im Tierheim - und jetzt hier. Vielleicht waren es auch mehr. Hier darf sie jetzt bleiben und nach Lust und Laune die Natur entdecken. Ich hoffe, sie findet mit der Zeit zu der konzentrierten Gelassenheit zurück, die eine Katze erst zur wirklichen Katze macht.

Zaza: Immer nur Zora!

Die ganze Zeit lockt die MEINE: Zora, Zora, Zora!

Sie flüstert: Meine grossartige Zora, meine liebe Zora.

Sie lobt: Gut gefressen, Zora! Tapfer gewesen, liebe Zora!

Und ich, Zaza? Wo bleibe ICH?

Ich stelle mich vor die MEINE hin und frage sie: „Wann hast du das letzte Mal SO mit mir gesprochen?"

Ich drohe: „Pass bloss auf, Mensch, dein Verhalten könnte dich noch gereuen!"

Das Schlimmste, was der Mensch nämlich einer Katze antun kann, ist die Nichtbeachtung.

Eine Katze hat deshalb von Natur aus verschiedene Möglichkeiten, korrigierend einzugreifen. Zuerst einmal die Stimme. Das Miau, das man in verschiedener Intensität von sich geben kann, angefangen beim leisen Gurren bis hin zum furchterregenden Geschrei. Das Fauchen.

Dann hat eine Katze Krallen, mit denen man Haut, Augen und Ohren des Menschen beleidigen *kann. Man kratzt, wo man nicht soll und schon steht er voll in Zornesglut!*

MEINE sehr effektvolle Möglichkeit ist die Futterstehenlassung. Die ist zwar schwierig auszuhalten, aber als Freigängerin behelfe ich mir zwischendurch mit Käfern. Fressen kann ich später, heimlich. Aus Zoras Napf.

Ich kann auch die Schrittrichtung meines Menschen durchqueren, damit er über mich hinüberfällt. Das artet ganz sicher in einen Mitleidsschrei aus, kann aber leider am Körper wehtun. Fällt der Mensch über die Katze, dann artet es ins so genannte Fluchen aus, was für die Katze sehr unangenehm ist, weil jede Katze Menschengeschrei hasst.

Die stärkste Waffe gegen die Nichtbeachtung ist die Unsauberkeit. Soweit würde ich aber nicht gehen. Denn welche Katze mag schon ein verpisstes Zuhause!

Sollte der Einsatz dieses Mittels nötig werden, dann würde ich einen Domizilwechsel in Betracht ziehen. Lieber zum Findeltier werden, als die ganze Zeit ignoriert zu sein. Dann würde ich wiederum von jemandem gewählt, der mich vorbehaltlos liebt. Und der würde mir den ganzen Tag mit:

‚Liebe Zaza, grossartige Zaza' aufwarten, genauso wie es sich gehört.

Feuer und Erde – Zaza und Zora

Zaza und Zora sind wie Tag und Nacht, wie Feuer und Erde, wie Rot und Nachtblau, Löwin und Angsthase, Zirkusartistin und Antiquarin. Etwa so.

Und da soll der Mensch noch drauskommen!

Von der Stimmlage her ist Zaza die Königin der Nacht und Zora die düstere Hexe, ein ausdruckstarker Alt. Zora äussert sich vielfältig und oft. Sie verfügt über ein beeindruckendes Repertoire an Aussagen und flucht zwischendurch unanständig. Wird sie überraschend angefasst, schreit sie auf, als hätte man sie versehentlich schmerzhaft getreten. Zaza setzt ihre Stimme äusserst selten ein. Sie zirpt.

Noch nach fünf Jahren stürmt Zora entsetzt aus der Küche, wenn jemand sie beim Fressen ertappt. Sie saust davon, wenn man sie anfassen will und muss sich erst an ein Möbelstück anlehnen, bis der Mensch an sie ran darf. Oder sie braucht den Schutz einer Schachtel. Aber dann soll der Mensch sofort hin und sie bürsten, wuscheln und streicheln. Sie wird ihn dafür mit Schnurren reichlich belohnen und mit nicht allzu zimperlich gesetzten

Liebesbissen verwöhnen. Zaza, die bisher nie gebissen hat, tut's ihr nun nach. Nur dass sie sich vor den vorbeilaufenden Menschen stürzt, sich auf den Rücken dreht, mit den Beinen losrudert und sofort gekrault werden will.

Zaza, die Lebhafte, findet in einer Nacht alle nicht korrekt geschlossenen Schränke und Schubladen und räumt sie aus. Sie huscht ungesehen in einen normalerweise verschlossenen Raum und lässt sich einschliessen. Dies, weil Mensch nur ganz, ganz schnell etwas geholt und einen Moment lang nicht aufgepasst hat. Und wenn nicht gerade Mäusejagd angezeigt ist.

Zora liegt indessen auf einer Bettdecke und schnurrt. Sie hat sich nun mit mir auf Platzteilung geeinigt. Anfänglich ging sie wütend auf mich los, wenn ich im Schlaf meine Lage veränderte. Zaza verabscheut das Bett, seit Zora hier wohnt. Sie wechselt ihre Schlafplätze so oft wie der Mensch sein Kleid, während Zora gerade mal zwei hat: Ein Sofa und eben mein Bett.

Zora bettelt am Tisch. Und bin ich nicht sofort willig, wird sie deutlich! Da sie sonst extrem zurückhaltend ist, gewähre ich ihr bei jeder Mahlzeit ein Extra. Unter dem Esstisch. Es kommt wohl noch so weit, dass sie ihre Mahlzeiten geschützt zwischen meinen Beinen einnimmt, damit Zaza sie nicht sieht. Zaza frisst dafür viel zu viel, seit Zora hier ist - wohl damit Zora möglichst wenig hat. Sie leckt zuerst den Gelee aus den Fleischbrocken heraus. So ist sie, die Feingliedrige, Grazile nun mollig und gut gepolstert, was ich ihr im Winter zugestehe. Zora bleibt immer gleich. Sie schreit nicht nach Bewegung, ihr genügt es, den ganzen Tag zu liegen und auf unsere nächste Mahlzeit zu warten. Jetzt, in der Kälte und Nässe will sie nicht hinaus. Da muss ich schon von Zeit zu Zeit etwas nachhelfen und mit ihr „spazieren gehen".

Zaza hingegen geht fünfzig Mal am Tag hinaus. Sie ist voll Abenteuerlust und Ideen. Die Baustelle nebenan ist eine Wundereinrichtung an Überraschungen, die sie alle erforschen muss. Lärm? Kein Problem. Zora hingegen verschwindet schon beim ersten lauten Wort. Wenn meine Putzfrau kommt, macht sie jedes Mal einen Beinah-Selbstmordversuch, indem sie sich im hintersten Keller auf den hintersten Schrank hinaufhievt. Es ist ein Rätsel, wie. Gestern hat sie danach Vogelfutter gefressen. Vielleicht will sie noch fliegen lernen, damit sie uns entkommt?

Zora sitzt stundenlang am Fenster. Es genügt ihr, die Vögel aus dieser Distanz zu beobachten. Sie könnten ihr zu gefährlich werden. Man weiss ja nie. Sie kennt nun schon einiges an Furcht erregendem Getier, das Zaza jeweils nach Hause schleppt und das den Menschen zum Schreien zwingt.

Zaza legt sich der Länge nach an mein Klavier. Ich spiele ihr einige warme Klänge vor. Sie lässt sich von den Vibrationen berauschen, während Zora sich vor Entsetzen in ihre Schachtel stürzt.

Scharrt Zaza im Katzenklo, weil sie dieses wegen Zora auch wieder benützt, geht Zora nachschauen. Scharrt Zora, geht Zaza hin, um noch besser zuzuscharren. Lange, genussvoll und – wer putzt danach?

Und dann, an gewissen Tagen, da vertauschen sie ihre Rollen, denn die beiden beobachten sehr genau, was die andere macht. Stets! Dann bettelt Zaza, und Zora rast im Wohnzimmer herum. Zaza schläft in einem Bett, und Zora sitzt vor einem Mausloch und horcht. Zaza beisst den Menschen, und Zora stürzt sich vor meine Füsse. Da soll einer noch drauskommen!

Katzenkrise

Den langen Winter über hatten wir eine ganz grosse Katzenkrise. Was sie ausgelöst hat, weiss ich nicht. Fehlte den beiden Katzen der verstorbene Kater, der zuvor jahrelang vor der Tür um Futterresten gebettelt hatte? Oder war es das lange anhaltende, kalte Winterwetter?

Zaza entschied sich nämlich plötzlich, Zora zu mobben. Sie tat es mit der Perfektion einer Katze, die immer mit andern Katzen zusammengelebt hat. Sie legte sich hinter jeder Ecke auf die Lauer, um Zora aus dem Hinterhalt anzugreifen. Sie lagerte auf den wichtigen Kreuzungen im Haus, um Sicht nach allen Seiten zu haben, strategisch voll kriegstauglich! Sie missgönnte Zora jede Streicheleinheit, jeden Snack, selbst jeden Blick von uns. Immer schlenderte sie lässig heran, worauf Zora sich verkrampft zurückzog. Zaza war einfach allgegenwärtig. Es gab Zeiten, da fütterte ich Zora zwei Stockwerke weiter oben, um feststellen zu müssen, dass sie wegen Zaza tatsächlich nicht zum Fressen gekommen war. Und es gab düstere Tage, da war ich mir nicht mehr sicher, ob ich die beiden nicht trennen müsste. Wen würde man da weggeben? Ach!

Zaza hatten wir schon sechs, Zora drei Jahre! Zora, das Findeltier, ist wohl eine Einzel-Wohnungskatze gewesen und wäre als Einzelkatze gut platziert. Sie liebt aber nun den Auslauf in die ruhige Umgebung, einsperren könnte man sie nicht mehr. Und sie hat schon mindestens fünf Mal den Lebensplatz wechseln müssen. Als schreckhaftes, traumatisiertes Tier wäre ihr eine weitere Umplatzierung kaum zuzumuten. Und Zaza, diese freiheitsliebende Katze, die den weiten Auslauf liebt und keine Angst vor Autos hat – wo würde man für sie einen Platz finden, wo sie sich so wie hier ohne Gefahren auf die Pirsch machen könnte. Als Einzelkatze wäre sie womöglich genauso falsch platziert, denn sie liebt Katzengesellschaft! Eine Mobberin in einer Katzengemeinschaft möchte sowieso niemand haben! Können Sie sich diese Seelennot vorstellen? Im März war Zora nur noch Haut und Knochen, Zaza hingegen zum Zerplatzen kugelrund.

Und dann kamen wärmere Tage. Es stellte sich vor der Terrassentür ein anderer Kater ein, der duftete herrlich nach unkastrierter Männlichkeit. Und siehe da: Plötzlich zerflossen die Katzenprobleme so schnell wie die restlichen Schneereste. Nun haben wir wieder Harmonie und feste Rituale, die auch von Zaza respektiert werden. Zaza hat sich eine Sommerfigur zugelegt. Sie ist wieder ansehnlich schlank - und Zora kann man über den sanft gepolsterten Rücken streicheln, ohne gleich in ihren Knochen hängen zu bleiben. Möge es so bleiben!

Katzen programmieren

Es ging uns nicht um die Futtermenge, die hätten wir spielend verkraftet. Aber es fanden zu viele Samtpfoten den Weg durch die Katzenschleuse an den Futternapf. Und nicht alle waren kastriert. Kurz: Es stank bei uns wie in einem Raubtierhaus.

Da unsere Katzen gechippt sind, wählten wir neu eine elektronische Katzentür und liessen sie im selben Fenster, an der gleichen Stelle, einbauen.

In der Gebrauchsanweisung wird mit einem Plüschkätzchen demonstriert, wie man die Katze unter den Scanner stellt, damit der Chip eingelesen wird. Leider haben wir keine Plüschkatzen, sondern zwei Schwerbewaffnete, sobald wir sie gegen den Willen hochheben.

Wir hofften auf die kätzische Neugierde, denn beide schlichen uns um die Beine, als wir die Elektronik ausprobierten. Aber dann ging es aufs Ganze. Mein Mann versuchte, Zaza unter den Scanner zu halten. Sie rastete aus. Resultat: Ein blutender Finger, ein zerkratzter Arm und eine wütende Katze, die das Weite suchte. Zora war danach nicht mehr aufzufinden. Wir liessen den

Tag verstreichen, denn ein neuer Versuch wäre nur noch schlimmer ausgefallen.

Leider schloss mein Mann beim nächsten Versuch die Tür, damit die Katzen nicht entwischen konnten. Jede noch so sanft geschlossene Tür ist Alarmstufe rot: Katzenkorb, Tierarzt oder Tierheim? Zaza und Zora versteckten sich in ungewohnter Einigkeit zuhinterst auf dem Hochschrank. Wieder ein verlorener Tag!

Inzwischen marschierten die fremden Katzen hemmungslos durch die neue Katzentür an den Napf. Zaza und Zora hingegen wollten ab sofort nur noch Handbedienung an der Haustür. Wir versuchten es mit Intensivstreicheln und sanft An-den-Scanner-Herantragen: Vergeblich.

Ich lockte Zora mit einem Stück Wurst heran. Sie schwankte lange zwischen Lust und Angst, so lange, bis die Programmierzeit abgelaufen war. Die Wurst forderte sie in ausfälligem Ton an einem andern Platz ein. Danach fühlte sie sich furchtbar satt und verschwand.

Was nun? Katzenjagd durchs Haus und am Schluss Verlierer sein? Gewaltsames Festhalten in Rüstung oder Vollnarkose? Untauglich! Die alte Katzenschleuse wieder einbauen und die Unkastrierten ertragen? Unmöglich.

Mittlerweilen befanden sich sowohl Mensch wie Tier im Alarmzustand, wenn wir nur schon an die Katzentür dachten. Ein Schritt in jene Richtung und unsere Katzen waren unauffindbar. Statt Kuscheltiere hatten wir nur noch bedauernswerte Fellbündel. Wir liessen eine ganze Woche verstreichen, um so etwas wie ein labiles Gleichgewicht herzustellen. Unterdessen - Sie wissen schon...

Es dauerte weitere drei Tage, bis wir wenigstens Zaza im Transportkorb hatten und dann brauchte es erst noch einen verengten Durchlass, um sie beim Herausspringen Richtung Scanner zu lenken. Es klappte! Auch bei Zora! Endlich! Die fremden Gäste sind wir nun los. Nur: Wie schaffen wir es, dass unsere Katzen die Tür auch benützen?

Denn offen gestanden sind seit dem Programmieren viele Monate verstrichen. Wir haben den Piepston ausgeschaltet und die Türöffnungzeit auf die Maximalzeit verlängert. Von Drinnen nach Draussen ist die Tür nie zugesperrt. Das Ins-Freie-Gelangen klappt deshalb schon lange. Aber unter dem Scanner durch zurück ins Haus, oje! Es handelt sich da um einen schweren Fall von Totalverweigerung! Eher frieren die beiden Miezen stundenlang vor der Tür. Aber wir geben nicht auf! Sind die Katzen draussen, werden sie nach Möglichkeit an der Tür abgefangen und an die in Eile hinaufgeklebte Katzentür herangetragen. Dazu braucht es zwei Menschen: Einer trägt das Kratzmonster und einer klebt schnell von drinnen die Türklappe hoch.

Mittlerweilen weiss ich, wie ich die Pfoten mit den Händen fixieren muss, damit ich keine Kratzer mehr im Gesicht habe. Die Tiere haben sich längst an den kleinen Klickton, der bei ihrer Ankunft an der Tür entsteht, gewöhnt. Hingetragen und vor der offenen Tür abgestellt, schlüpfen sie blitzschnell ins Haus hinein. Das klappt. Nun wäre da aber noch die geschlossene Tür zu bewältigen. Ich bin mir nicht sicher, ob das Ganze nicht langsam eine Art von listigem Spiel ist: Wer wird diesen Kampf gewinnen?

Sollten Sie mir einen wirksamen, guten Rat haben, wäre ich Ihnen sehr dankbar! Mit Lockfutter müssen Sie mir aber nicht kommen, auch nicht mit Baldrian oder dem Vor-der-Tür-Hungern-Lassen. Alles schon ausprobiert und an allem gescheitert. Könnten Sie denn Ihr flehendes Kätzchen vor der Tür verhungern lassen?

Die Katzentürkatastrophe

Endlich klappte es! Beide Katzen benutzten die Katzentür und hatten Aus- und Eingang nach Belieben. Dank den eingelesenen Chips brauchten wir uns keine Sorgen mehr zu machen, dass fremde Tiere im Wohnzimmer herumlungerten und an unseren Möbeln Duftmarken hinterliessen. Zaza und Zora gingen und kamen wann es ihnen passte, und wir auch. Es hätte perfekt himmlisch bleiben können. Aber so sollte es wohl nicht sein.

Da der Einlass im Untergeschoss war, blieb es uns verborgen, dass Zora mehr und mehr das innere Trittbrett als Ausguck benutzte. Für den Schritt ins Freie brauchte sie sowieso immer sehr lange. Sie beobachtete alle Seiten und wenn sie sicher war, dass sich keine Gefahr in der Nähe befand, fing dass zickige Getue wieder von vorne an. Scheinbar fand sie es schön, auf ihrer hohen Warte, in der Dämmerung des Raums, ihre Nickerchen abzuhalten. Das dunkle Katzentier war von aussen her kaum wahrnehmbar. Wer aus der gleissenden Sonne kam, brauchte sowieso Anpassungszeit, um klar zu sehen. Und in genau diesen Sekunden passierte es.

Zaza kam arglos von einem Ausflug zurück und wurde in der Katzentüre von Zora mit entsetzlichem Geschrei angefallen.

Das war's.

Für alle Zeiten.

Zaza benutzt den Einlass seither nie mehr.

NIE MEHR!

Die ganze schöne Freiheit war mit einem Schlag für die Katze und den Menschen dazu dahin. Für Zora wäre es weniger gravierend gewesen. Sie bleibt sowieso die meiste Zeit im Haus. Aber für Zaza, dieses abenteuerlustige, bewegungsfreudige Tier war es eine einzige Katastrophe, Tag und Nacht wieder auf menschliche Bedienung angewiesen zu sein. Hinaus kann sie zwar, aber zurück wagt sie sich nicht mehr. Ich versichere Ihnen: Wir haben alle, alle Tricks ausprobiert. Es geht nicht! Sie gerät in helle Panik, wenn man sie zum Ort dieses Schreckens heranführen will.

Wir haben sogar eine Katzenpsychologin zu diesem Problem befragt. Sie riet uns zu einem zweiten Einlass. Aber damit haben nun wir Menschen ein Problem, denn kein einziges Fenster eignet sich dafür. Also müssen wir uns halt alle mit diesen neuen, erschwerten Umständen arrangieren. Es ist und bleibt wie es ist.

Einen leisen Vorteil hat diese Katastrophe: Zaza kann keine lebendigen, halbtoten und toten Tiere mehr ins Haus bringen. Das Kapitel Mäusejagd im Haus, aus dem Schlaf heraus, ist somit beendet.

Katzengespräche, Gespräche mit Katzen

Wer sagt, seine Katze mache immer nur miau, hat nicht richtig zugehört. Katzen reden in vielfältiger Sprache, sie teilen uns ihre Bedürfnisse, Empfindungen und den Unmut differenziert mit. Meine Katzen schnattern, gurren, maunzen, zirpen, piepsen, knurren, meckern, fauchen, kreischen, miauen, schreien, heulen, hauchen, zetern und keckern. Vielleicht noch mehr.

Die innigste Aussage ist das Schnurren. Es zeigt, dass unsere Samtpfoten zufrieden sind, in völliger Harmonie mit uns, mit sich selbst und der Umwelt. Das Schnurren ist von Katze zu Katze verschieden, so wie auch das Liebesgeflüster von Mensch zu Mensch verschieden ist. Zaza schnurrt nur ganz leise, sozusagen innen drin. Ich nehme es nur wahr, weil sich ihr Brustkorb rhythmisch hebt und ihre Pfoten in wohliger Wonne den Untergrund kneten. Bauernkater Tiger beginnt laut zu schnurren, wenn er mich sieht, immer in der Hoffnung auf ein kleines Häppchen der Zaza-Resten. Zora schnurrt unbändig. Das Schnurren bricht bei Berührung aus ihr heraus, während sie sich in Vorfreude auf die kommenden Zärtlichkeiten auf die Seite plumpsen lässt.

Schnurren ist eine direkte Aufforderung zur gegenseitigen Zuwendung, der man als Mensch nur allzu gern folgt. Schnurren kann bei Katzen aber auch ein Zeichen von hohem Stress oder grossen Schmerzen sein. Es ist wohl so, dass sich die Katzen mit den dabei entstehenden Vibrationen selber beruhigen.

Bin wieder da!

Die meisten Katzen melden sich „verbal" zurück, wenn sie von einem Ausflug heimkehren. Ein kleines hingekeckertes Miau genügt Zaza, wenn sie auf dem letzten Treppentritt angelangt ist. Ist sie glücklich, wirft sie sich vor mich hin, um gestreichelt zu werden. Diese Wohltat begleitet sie mit wohligem Piepsen. Wenn sie aber ihre Ankunft mit lauten, kehligen Tönen ankündigt, ist sie bestimmt mit Beute nach Hause gekommen. Es empfiehlt sich dann, sie zu jeder Stunde, bei Tag und bei Nacht sofort und gebührend zu empfangen, um später nicht eine zum Schlachtfeld verkommene Wohnung vorzufinden.

Ist Zaza hungrig, dann kann sie sehr deutlich werden. Sie schreit mich an, während ich den Beutel aufreisse und begleitet den sich immer viel zu langsam herabsenkenden Teller mit intensivem

Geschnatter, bis er vor ihrer Nase steht. Zora krächzt wie eine Krähe und lässt ihre fordernde Tonfolge in Richtung Knurren absinken, wenn die Fütterung nicht schnell genug von sich geht. Ich kenne aber auch Katzen, welche das Geschrei nach Futter zusätzlich mit grobem Köpfchengeben begleiten oder der fütternden Person mit leicht ausgefahrenen Krallen auf den Füssen herumtrampeln, um ihren Wünschen Nachdruck zu verschaffen.

Katzen wissen genau, wann sie ihre Grenzen überschreiten und damit unsere Langmut aufs Spiel setzen. Meine vorherige Katze, Wuschel, hatte sowohl den Sprung auf den Esstisch als auch den Aufenthalt auf dem Schreibtisch mit fein hingekeckertem Zirpen quittiert. Wollte sie damit um Verständnis bitten? Um ein wenig Toleranz? Gab ich ihr zu verstehen, dass alles seine Grenzen hat, dann hauchte sie so Mitleid erregend miau, dass ich oft eher den Computer ausschaltete, als sie vom Tisch hinunter zu schubsen. Beim Esstisch waren wir selbstredend nie gleicher Meinung. Den Sprung auf den Boden begleitete sie mit wüstem Gezeter, eine solche Zumutung konnte doch nicht unerwidert bleiben.

Lass mich in Ruh!

Einer der halb verwilderten Bauernkatzen, die jeden Tag bei mir vorsprechen, hat seinen ersten Mut, sich nicht von seinen Fluchtgedanken überwältigen zu lassen, mit Fauchen bekräftigt. Heute ist er zutraulicher geworden, über ein heiseres Krächzen sind wir nun beim deutlichen MIAU angelangt, ein Zeichen von beginnendem Vertrauen vielleicht?

Fängt eine Katze mir gegenüber an zu fauchen und zu knurren, dann habe ich etwas ganz bös falsch gemacht. Ich habe ihr Schmerzen zugefügt, bin ihr zu nahe getreten oder es tut ihr etwas weh. Eine wütende Katze ist ein gefährliches Tier, das einen ernsthaft verletzen kann. Es empfiehlt sich deshalb, bei entsprechenden Vorzeichen schleunigst auf Distanz zu gehen.

Katzenmusik und Katzengespräche

Man muss nicht mit Katzen zusammenleben, um in den Genuss von Katzenmusik zu kommen. Es ist erstaunlich, zu was für Gesängen sich die liebestollen Katzenpaare hinreissen lassen. Und trifft ein Kater auf einen Rivalen, dann steigert sich das Gekreisch selbst für unsere wenig empfindlichen Ohren ins Unerträgliche.

Aber Katzen untereinander haben durchaus auch angenehme Gespräche. Die können sehr vielfältig sein. Ich kam in den Genuss einer langen Erzählung von Katze zu Katze, als Zaza neu bei mir eingezogen war. Als sich ein Bauernkater vor die Terrassentür hockte, wälzte sie sich hinter der Scheibe vor ihm auf dem Boden und miaute ihm in herzergreifenden Tönen ihre Lebensgeschichte vor.

Zaza und Zora haben ihre eigenen Dialoge, die unterscheiden sich in der Tonlage deutlich von dem, wie sie sich gegenüber mir äussern.

Gespräche mit Katzen:
Die fünfte Landessprache

Ob Katzen uns gegenüber auch bewusst die Stimme und Sprache verändern, wie ich es ihnen gegenüber tue? Ich habe tatsächlich für meine Katzen eine eigene Sprache. Ich locke flüsternd: „Komm, Gudigudi!" Oder ich halte die Katzen-bürste hoch und sage: „Jetzt werde ich dich büsi-bürsten". Meine Katzen sprechen sehr aufs Flüstern an und kennen diese speziell für sie erfundenen Wörter. Sie haben auf Anhieb begriffen, dass diese Sprache nur für sie gedacht ist. Ich schäme mich nicht für diesen Unsinn. Ich empfehle Ihnen sogar:

Erfinden Sie ungeniert eine eigene Sprache für Ihr Tier! Diese frei erfundene Sprache holt Sie weg vom Alltag und weckt Ihre kreative Seite. Und sowohl Stress wie auch Alltagstrott schmelzen dahin wie Schnee in der Frühlingsonne.

Nüchtern betrachtet

Zaza sollte Zahnstein entfernen lassen. Dafür braucht sie eine Vollnarkose. Und als wäre das nicht schon genug, darf sie vorher zwölf Stunden lang nichts fressen. Abends um acht kriegt sie also den letzten Bissen, und ab dann sind Türen und Fenster zu, damit sie sich nicht noch auf der Wiese einen Mäusebraten fangen kann. Das Katzenfutter werde ich in einen Schrank mit sehr gut abschliessbarer Tür wegsperren. Dazu räume ich noch alles weg, was eine hungrige Katze in der Not auch sonst noch hinunterschlingt: Gebäck zum Beispiel, und auch sonst alle dem Menschen zugedachten Speisen, samt den vielen undefinierbaren Fitzelchen vom Boden…

An sich ist dieses Setting ganz einfach. Aber ausgerechnet heute hat Zaza vor zwanzig Uhr noch keinen Hunger. Auch Zora verweigert sich einer frühen Abendmahlzeit. Zora kann ja leider nur in der Nacht fressen, wenn es rundum still und dunkel ist. Sie frisst in meinem Schlafzimmer. Dort stelle ich eine Schachtel auf, in der ihr Napf mit zwei Sorten Futter drin steht.

Nun denken Sie wohl: Das ist nun wirklich kein Problem! Dann schliessen Sie halt die Tür, um Zaza auszusperren, und Zora kommt trotzdem zu ihrem Futter. Und dort liegt nun das nächste Problem: Zora kann bei geschlossener Tür nicht fressen. Im Gegenteil: Sie bricht in höchste Panik aus, sobald ich zumache. Obschon ich es ganz leise tue. Obschon sie ja eigentlich gar nichts mehr hört. Sie merkt es immer. Ich weiss also nicht, wie ich es anstelle, dass dieses ohnehin schon magere Katzentier zu seinem Futter kommt, während Zaza nüchtern bleiben muss. Wahrscheinlich müssen halt beide verzichten. Überleben werden sie es sicher.

Fragt sich nur, wie ICH es überlebe. Schliesse ich nämlich die Schlafzimmertür, dann bricht das ganz grosse Geheul aus. Visionen von Transportkorb, Tierheim und Tierarzthänden sind offensichtlich so zuverlässig in den Köpfen meiner Tiere gespeichert, dass sie jederzeit abrufbar sind. Lasse ich die Türe offen, dann kriege ich den Frust im Gesicht zu spüren. Der Atem einer frustrierten Katze im Gesicht finde ich nicht nur unhygienisch, sondern auch beängstigend. Denn die Tiere werden jegliche Distanz ablegen und auch ihre Tatzen zu Hilfe nehmen. Katzen sind mit messerscharfen Krallen

146

bewaffnet und zögern nicht, diese in einer Notlage auch einzusetzen. Hunger leiden, so nahe bei der Futterspenderin, gehört da durchaus dazu.

Ein Luxus-Katzenbett

Ein Katzenbett und zwei Katzen?
Der Kampf war schnell entschieden. Besser: Es gab weder Gerangel noch Schlacht, denn der Fall war zum Vornherein klar. Zora, seit Anbeginn Liebhaberin von Schachteln, markierte diese gleich bei der Anlieferung zu ihrem Besitz. Mit markdurchdringenden Lobgesängen und Köpfchenreiben gab sie ihrer Begeisterung über das wunderbar grosse Exemplar Ausdruck und blieb stundenlang für alles andere unansprechbar.

Zaza, seit Anbeginn von allem Neuen magisch angezogen, riss sich sofort das Katzenbett unter die Krallen. Zwei Mal umrundete sie es, dann sprang sie hinein und begann das Kissen nach ihrem Gusto zu kneten, zu durchwühlen, zu zerkratzen und zurechtzutreten. Dann liess sie sich hineinsinken – und blieb.

Der siebte Sinn

Ich denke nicht - ich denke nichts, - auf keinen Fall aber denke ich das Wort TIERARZT. Nur DAS nicht! Zora muss nämlich hin. Und da man sagt, dass Katzen für solches einen siebten Sinn haben, sollte ich mich jetzt dringend etwas anderem zuwenden. Ich wiederhole Hauptstädte, rezitiere Gedichte…

Der Transportkorb steht schon seit gestern Abend bereit. Ich vermeide es, ihn auch nur anzuschauen. Zora schläft ruhig, jetzt nur innerlich und äusserlich völlig NEUTRAL bleiben. Leise verlasse ich den Raum. Ich sollte vielleicht noch etwas anderes tun. Es dauert immer noch eine Stunde bis zur Abreise…

Ein nächster Blick auf Zoras Schlafplatz: Er ist LEER.

Wer bisher geglaubt hat, er kenne sein Haus, der lernt es in diesem Moment nochmals ganz neu kennen. Da gibt es im Wohnbereich Höhen und Tiefen, Höhlen und Löcher, von denen man bis jetzt keine

Ahnung gehabt hat. Zora jedenfalls ist unauffindbar.

Ich greife zur List. Sie wirkt eigentlich immer.
Kühlschrank aufreissen, Kaffeerahmflasche
öffnen, dass es knallt. Scheppernd eine Schale aus
dem Gestell angeln, um zu zeigen, dass es mir mit
der Belohnung ernst ist. Es bleibt still. Ich muss
mich also auf die Suche machen. Zora ist nicht
unter dem Bett, nicht unter dem Sofa und nicht
hinter dem Klavier. Hier der Kasten ist ein wenig
offen. Ich durchforste die unteren Tablare, zerre
alles heraus, um sicher zu sein, dass sie sich nicht
hinter einem Wäscheberg verkrochen hat. Ohne
Erfolg. Vielleicht hat sie es ja aus- nahmsweise
höher hinauf geschafft? War sie nicht einst
zuoberst auf der Küchenkombination, einem knapp
bemessenen Ort, der mir nicht im Traum als
Katzenversteck in den Sinn gekommen wäre?

Ich hole den Stuhl und steige hoch. Nein, keine
Katze. Meine Nervosität steigt. Hockt sie etwa
harmlos hinter einer Tür? Auch nicht. Vielleicht
kommt mir der rettende Einfall, wenn ich
zwischendurch etwas anderes mache. Ich stelle
mich vor den Spiegel und kämme mich. Dann will
ich den Rollschrank zustossen. AUA! Da hockt sie
ja! Unter dem untersten Tablar, eng an die hintere

Wand gepresst. Beinahe hätte ich sie zerdrückt. Niemals hätte ich gedacht, dass sie sich sooo klein machen kann. Und niemals könnte ich sie aus diesem Versteck herausholen.

Ich behelfe mir mit Wasser. Sie schiesst unter dem Schrank hervor – und dann beginnt das leidige Rennen zwischen Katze und Mensch, bei dem der Mensch kaum je eine Chance hat.

Ich hab's schliesslich doch noch zum Tierarzt geschafft. Mein Arm ist aber von Zoras ‚Liebesbeweisen' für längere Zeit gezeichnet.

Zoras grosse Not

Von irgendwoher kam fürchterliches Gekreisch. Oder war es ein Jaulen? Die Haare
sträubten sich, denn die Schreie gingen durch Mark
und Bein. Nun senkte sich das Schreckenslied ab
zum grossen Heulen, das in einen fürchterlichen
Brummton ausrollte.

Oje! Da war jemand in Not, ein Mensch, ein
Kind!

Oder in Gefahr?

Müssen wir helfen?

Die Fenster in der Umgebung öffneten sich und
die Leute hingen zum Fenster hinaus. Ich stürzte
hinaus, denn ich ahnte es: Zora! Sie war offenbar
hoffnungslos in ein Problem verstrickt.

Ja da stand sie, mit gesträubtem Schwanz und
hoch gewölbtem Rücken, die Haare aufgestellt wie
bei einer echten Hexenkatze, und sie schrie ihre
ganze Not in die Welt hinaus.

Ich rief und näherte mich vorsichtig. Keine Reaktion. Der Grund für Zoras Elend sass einige
Meter von ihr weg: Nachbars buntgescheckter Kater. Zoras Gekreisch beeindruckte ihn nicht im
Geringsten. Locker wusch er sich über das Gesicht

und warf sich auf den Boden, als er mich sah. Er würdigte Zora nicht einmal mit einem Blick. Aber er hatte die Rechnung ohne mich gemacht. Zora verunsichern, das durfte ich nicht dulden! Ich packte die Giesskanne. Ein Schwall Wasser flog, und der Kater nahm Reissaus.

Zora war noch so starr vor Schreck, dass ich es nicht wagen durfte, sie zu berühren. In diesem Zustand hätte sie mich angreifen und verletzen können. Ich sprach ruhig auf sie ein, bis sie aus ihrer Trance erwachte. Dann nahm ich sie auf den Arm und tröstete sie, indem ich sie fest an mich drückte und innig streichelte. Ich summte ihr ein Lied vor, denn die Vibrationen meiner Stimme beruhigten für gewöhnlich das arme, schreckhafte Katzentier.

Irgendwann liess sie sich an meine Schulter sinken. Und dann brach das ganz grosse Schnurren aus ihr heraus.

Katzen betreuen lassen

Wenn wir verreisen brauchen unsere Katzen Betreuung. Dieser Abschied ist schwierig, denn am liebsten wäre ich immer mit meinen zwei Samtpfoten zusammen. Wir haben diese deshalb auch schon in die Ferien mitgenommen. Aber das kann ich nur jemandem empfehlen, dessen Tier schon mehr tot als lebendig ist. Ausser es ist einem egal, wenn man die Nacht durch ständig angemaunzt, angepfotet und allein schon durch das ewige Auf- und Abspringen vom Bett wach gehalten wird. Katzen verfügen über unendlich viel Ausdauer und Zeit, haben eine sonore, durchdringende Stimme und können ihr Aktionsprogramm problemlos in die Nacht hinein verlegen und tagsüber schlafen.

Wer Nachbarn hat, die für einem die Betreuungsaufgabe übernehmen, ist gut dran. Jahrelang war ich mit dieser Situation glücklich – die Nachbarin und ich konnten uns gegenseitig aushelfen. Aber dann zog sie weg. Mittlerweilen war unsere damalige Katze auf eine regelmässige Pillengabe angewiesen – und damit hatte ich nun wirklich ein Problem. Kein Tierheim nimmt eine Ferienkatze auf, die im Alter von 15 Jahren noch nie im Tierheim gewesen ist.

Schweren Herzens überliess ich den Auftrag einer mit Katzen gänzlich unerfahrenen Person. Immerhin hatte sie eigene Kinder gehabt und so konnte ich hoffen, dass sie es mit der Pille schaffte. Die Katze hat jedenfalls überlebt und die Nachbarin auch – aber ich schwor mir danach, künftige Katzen auf jeden Fall ans Tierheim zu gewöhnen. Die Betreuerinnen in einem Heim haben eine Tierpflegeausbildung und können bei Bedarf den Tieren auch Medikamente verabreichen. Das war noch vor der Zeit mit Zaza und Zora, die dann gleich nochmals alles auf den Kopf stellten.

Tiere für jemanden zu betreuen verläuft meistens ohne Zwischenfälle, aber eben nur meistens. Als ich bei den Nachbarn hütete, wurde eine der Katzen zum Notfall.

Und da wurde mir plötzlich bewusst, wie leichtfertig man mit Hüteaufträgen umgeht, weil man gar nie mit einschliesst, dass auch einmal etwas krumm laufen könnte.

Notfall Nachbarskatze

Hütedienst! Als ich ins Haus kam sprang mir Nachbars Silky nicht wie sonst entgegen. Ich fand sie auf dem Wohnzimmersofa, wo sie verzweifelt versuchte, etwas aus ihrem Maul zu entfernen. Steckte vielleicht ein kleiner Mäuseknochen in ihrem Hals? Ich hoffte auf etwas Harmloseres, einen Grashalm mit Samen zum Beispiel, denn diese haben oft lästige Widerhaken.

Mein eilends hergerufener Mann hob Silky hoch, damit ich ihr besser ins Maul schauen konnte. Beim Hochheben fuhr sie sofort mit beiden Tatzen ins Maul. Wild versuchte sie, sich von dem unsichtbaren Ding zu befreien. Aber ihre Bemühungen brachten nichts. Vielleicht konnte sie das verborgene Ding hinunterschlucken, wenn sie etwas zu trinken bekam? Sie hockte sich auch sofort ans vorgesetzte Geschirr und wollte trinken. Aber sie konnte nicht.

Was nun? Musste ich mit Silky als Notfall zum Tierarzt? Ich konnte niemanden von der Familie erreichen, um sie über das weitere Vorgehen entscheiden zu lassen. Durfte ich deshalb aber eigenmächtig handeln?

Ein Anruf beim Tierarzt bestätigte: Bei solchen Symptomen darf nicht zugewartet werden. Silky war ein Notfall.

Silky war eine unglaublich einfache Patientin. Sie liess sich fast widerstandslos in meinen alten Katzenkorb verpacken und gab auf der ganzen Reise keinen Ton von sich. Und vom Tierarzt liess sie sich anfassen, ohne zu knurren, zu fauchen oder mit ausgefahrenen Krallen nach seiner Hand zu schlagen.

Das erste Übel war sofort gefunden. Silky hatte den Kiefer ausgerenkt. Der liess sich aber nicht einfach im Handumdrehen wieder einrenken. Und der Tierarzt konnte unter diesen Umständen auch nicht feststellen, ob nicht doch ein verborgener Gegenstand der Grund dafür war. Silky brauchte also eine Narkose. Ich musste sie in der Tierarztpraxis zurücklassen. Erst wenn sie aufgewacht war, konnte ich sie wieder holen. Mir war bei diesem Gedanken elender zumute, als der ahnungslosen Katze. Wenn nur nichts schief lief!

Es ist zum Glück alles gut gegangen. Der Tierarzt hatte den Grund rasch gefunden und das Übel behoben: Ein kranker, wackliger Stockzahn war an allem schuld gewesen. Dieser hatte Silky den Kiefer blockiert. Und da Silky noch weitere zwei kranke Zähne hatte, hatte der Tierarzt diese auch gleich gezogen.

Es ist auch sonst alles gut gegangen: Die Nachbarn sind über die schnelle Hilfe für ihre Katze froh gewesen! Trotz Notfalltarif.

Und Silky? Der ging es schon am andern Tag wieder gut. Die harten Futterbrocken liess sie noch liegen, aber sonst frass sie wieder so eifrig wie sonst. Trotz dem Verlust von drei Stockzähnen. Oder vielleicht gerade deshalb. Denn seit sie die Zähne los ist, riecht sie wieder so frisch, wie es eine Katze normalerweise tut.

Zaza: Mein Mensch haut ab

*E*ine Katze, ich zum Beispiel, ruht immer in sich, ausser sie merkt, dass sie bald zum Tierarzt gebracht wird.

Von Zeit zu Zeit verändert sich mein Mensch so stark, dass Zora nur noch unter dem Bett hockt vor Angst. Man sagt dieser Veränderung Hektik oder Nervosität. Für die Meine scheint diese Hektik zu stimmen, denn sie lacht und gibt mir freiwillig Extras, ohne dass ich krank bin. In diesem komischen Zustand holt sie immer wieder Beute aus dem Schrank. Sie schleppt diese aber nicht im Maul heran, sondern bedient sich dafür ihrer Pfoten. Die nehme ich auch, aber nur für das Herauszerren der Dinge. Für den Abtransport brauche ich die Zähne. Mit denen packe ich zu und zerre, bis die Dinge kleine Löcher bekommen.

Die Meine hat ungelenke Pfoten mit unbrauchbaren Werkzeugen dran. Deshalb verdreht sie die Pfoten, bis sie zu einem Pfotenteller werden. Nur so kann sie die Dinge aus dem Kasten herumtragen. Kleine Löcher kann sie damit auch nicht machen, eigentlich mit gar nichts an ihr.

Meistens legt sie ihre Kastensachen behutsam in eine grosse Kiste. Das ist ein lustiger Vorgang, denn in der Kiste befinden sich immer Mäuse. Sehen tut man sie nie, aber jagen kann man sie trotzdem. Zum Entsetzen von IHR, die damit überhaupt nicht einverstanden ist. Schnell versucht sie, mich aus der Kiste zu jagen, aber wann schon gelingt einem Menschen SCHNELL, wenn man seine Schnelligkeit mit der einer Katze vergleicht? Während wir uns lustig herumjagen, heult Zora ungehemmt drauflos. Sie hat diesbezüglich eine unverständliche Sprache, die der Mensch als das grosse heulende Elend bezeichnet. Deshalb ist die Meine in diesen Momenten sehr freundlich und lieb mit Zora. Ich kann es nicht tolerieren, will mich aber zurückhalten, bis sie nicht mehr hinsieht. Dann kommt Zora dran, damit sie endlich merkt, wann Heulen wirklich angebracht ist.

Irgendwann ist die Meine dann weg. Samt der Kiste, die man übrigens so schliessen kann wie den Transportkorb für mich. Besser, sie schliesst deshalb die Kiste ohne mich. Früher schloss sie mich jeweils in MEINE Kiste ein und brachte mich ins Tierheim, wo ich alles kenne und weiss, und wo ich herkomme. Der Transport oder wie man dem sagt, war katastrophal, aber danach fand ich es dort ok.

Seit einiger Zeit bleiben wir aber nun hier, wenn sie nicht da ist. Wegen Zora, die das Tierheim mit ihrer Katzenmusik fertig gemacht hat. Das hat schlicht niemand ausgehalten. Keine andere Katze, kein Mensch. Zora hat nicht gefressen und nicht getrunken, nur immer geheult. Bis sie nicht mehr konnte. Dann kam die Meine wieder und hat sie auf dem Arm getröstet. Sie hat mich und Zora wieder heimgenommen.

Zora hat danach das bessere Futter bekommen als ich. Sie wurde von meiner Liebsten herumgetragen, wenn sie wieder mit ihrem Gejaule anfing. Ich schaute dann immer zu, wodurch ich zu wenig ins Freie kam und meine Krallen am Polster schärfen musste. Das bringt die Meine am schnellsten zur Vernunft.

Wenn die Meine weggeht, kommen jetzt fremde Menschen, die uns füttern. Alle lieben mich MEHR als Zora, die sich immer unters Bett oder auf den Hochschrank verzieht, wenn jemand die Tür auf - macht. Ich hingegen werfe mich hin und lasse mich bürsten und kraulen, worauf ich sofort der Star der Szene bin.

Trau, schau wem?!

Ferien im Tierheim? Mit Zaza wäre es gegangen. Sie fühlte sich im Trubel vieler Katzen wohl. Zora hingegen frass nichts und trank nichts. Sie hockte am immer gleichen Platz, in ihrer Angst völlig unfähig, irgendetwas zu verändern. Wir nahmen das arme Tier drei Mal in einem jämmerlichen Zustand nach Hause, völlig apathisch und abgemagert. Dabei hatte sie jedes Mal nur fünf Tage im Tierheim verbracht. Danach beschloss ich: Jetzt ist Schluss! Und damit hatten wir ein grösseres Problem: Nie mehr Ferien?

Aber dann bot sich eine sehr gute Bekannte an, den Dienst zu übernehmen. Umsonst sollte sie es nicht machen, denn sie brauchte dafür das Auto. Nach kurzer Überlegung waren wir uns einig.

Mir fiel ein Stein vom Herzen! Nun konnten wir ruhig verreisen! Tiere und Mensch waren sich nicht einmal fremd! Für den Notfall hinterliess ich der Bekannten die Adresse meiner Schwester...

Anfänglich bekam ich täglich eine SMS mit der Beteuerung, meinen Katzen gehe es blendend. Dann blieb es plötzlich still. Sollte ich mir Sorgen machen? Nein, ich wüsste nicht wieso. Ich kannte die Frau schon so lange und vertraute ihr voll und ganz.

Aber trau, schau wem!
Schon vor unserer Rückkehr mischte sich bei mir leise ein mulmiges Gefühl in die Wiedersehensfreude. Tagelang hatte ich keinen Bericht mehr gekriegt, da stimmte etwas nicht.

Die Blumen vor dem Haus waren tatsächlich ein Trauerspiel, und der Briefkasten überquoll. Alarmiert betrat ich das Haus. Ungelüftet! Es roch wie in einem Raubtierhaus.

Und vieles war tatsächlich anders. Das Katzenfutter stand an einem andern Ort, und ich bemerkte noch unüblich viele Futterdosen auf dem Gestell. Eine grosse Schüssel war irgendwann mit Trockenfutter gefüllt worden. Der Boden war übersät mit Katzenkräckern. Die Wasserschale war leer. Und statt uns freudig entgegen zu laufen, hatten sich die Katzen vor uns versteckt, ein komisches Zeichen.

Zaza wagte sich als erste unter dem Bett hervor. Sie fremdelte, liess sich nur flüchtig streicheln und verschwand dann ins Freie. Zora blieb verschwunden. Nach langem Suchen entdeckte ich sie in der Rolle meiner Bettdecke. Sie fauchte mich an und schlug zu. Vier blutende Kratzer verzierten meine frisch gebräunte Wange. Sie brannten wie Feuer. Zora schlich sich nach der Attacke mit eingezogenem Schwanz davon, um irgendwo aus einer dunklen Ecke heraus zu jaulen und zu heulen. O je!

Es gab aber noch andere Merkwürdigkeiten. Einige Gläser standen an einem unüblichen Ort im Schrank. Einige unbekannte Flaschen lagen bei der Glasabfuhr. Und auf dem Klavier standen andere Noten. Im Abfallsack fand ich schliesslich leere Pommes Chips-Tüten statt leerer Katzenfutter-tütchen. Eine Party, hier? Das wäre nun tatsächlich nicht in unserem Sinn! Mit sträubten sich die Nackenhaare und ein Frösteln überlief mich. Die Post der ersten Ferientage lag säuberlich geordnet auf der Ablage, um den Rest hatte sich niemand mehr gekümmert. Und meine Schlüssel? Wo waren die? Wir hatten eine Verabredung, wie sie zurückgelassen werden sollten. Nichts!

Ich fasste mir ein Herz und telefonierte. Aber niemand nahm den Anruf entgegen. Also rief ich meine Schwester an. Diese konnte mir Auskunft geben: Meine Katzenbetreuerin hatte ein günstiges Flugticket bekommen und war der Verlockung einer Reise erlegen. Sie weilte in Rom. Vor ihrer

Abreise hatte sie unzählige Leute gebeten, sie vom Katzendienst zu befreien, Und dabei ebenso viele Leute in unser Haus eingeladen, um ihnen alles zu zeigen. Hinterher war ich erstaunt, wie viele Leute plötzlich von unserem Haus und dem Garten schwärmten. Sprach ich sie auf ihr Wissen an, wurden sie verlegen und erfanden Ausflüchte, wie: ‚Bin zufällig vorbeigefahren' und: ‚Habe letzthin rein zufällig erfahren, wo du wohnst'…und solches mehr. Aber niemand hatte die Verantwortung für die Tiere übernehmen wollen.

In einem schwachen Anflug von Verantwortungsbewusstsein hatte die Katzenbetreuerin den Katzen das viele Trockenfutter in die Schüssel gefüllt. Dann hatte sie in allerletzter Minute, vom Flughafen aus, meine Schwester informiert. Diese wohnt sehr weit weg und hatte deshalb keinen Schlüssel zum Haus…

Hungern mussten die Tiere zwar nicht. Aber sie waren nach Tagen des Alleinseins verwahrlost, schreckhaft und abweisend. Ihr ganzes kontaktarmes Vorleben im Tierheim hatte sie eingeholt und überrollt. Ein Jammer!

Meine Bekannte hat meinen Zorn nicht verstanden. Sie fand, sie könne doch für alles gar nichts dafür! Ein solcher Lockvogel, was hätte sie denn tun sollen? Zu Hause bleiben und das günstige Angebot wegen zwei simplen Katzen sausen lassen? Sie hatte ja dafür gesorgt, dass die Tiere nicht verhungern mussten, wozu also diese Aufregung? MICH zu kontaktieren hatte sie nicht gewagt. Ich hätte eine Lösung gehabt! Das war das Ende einer langjährigen Beziehung.

Ich habe nun einen professionellen Tierbetreuer gefunden. Er hat den Dienst schon viele Male zu unserer vollen Zufriedenheit gemacht. Wenn ich sehe, wie sich die Katzen von ihm knuddeln lassen, und höre, wie er mit den beiden spricht, weiss ich, dass er der Richtige ist.

Zaza und Zora, echt genial!

Sind Zaza und Zora vielleicht Genies? Sie kommen zwar nur als gewöhnliche Hauskatzen daher, sind daneben aber Spezialistinnen für sehr spezielle Fertigkeiten.

Zaza zum Beispiel nimmt wahr, WAS FÜR WÄSCHE ich auf dem Arm die Treppe hochtrage. Man muss sich das vorstellen: Sie ist sooo viel kleiner als ich und trotzdem merkt sie, wenn es die Bettwäsche ist. Dann saust sie vor mir treppauf und stürzt sich aufs nackte Bett. Sie lässt sich das Leintuch überwerfen und krallt sich mit Wonne hinein. Am tollsten benimmt sie sich, wenn ich an den Ecken rupfe und zupfe. Kein Wunder, dass meine Leintücher alle Löcher aufweisen.

Zora ist eine Spezialistin am Futternapf. Ich möchte schon lange, dass sie etwas an Gewicht zulegt und habe ihr deshalb eine Dose Stärkungsmittel gekauft. Es sind sehr kleine Würstchen, die sich bequem unter das Futter mischen lassen. Aber kaum zu glauben: Zora bringt es fertig, das normale Futter zu fressen, diese beigemischten Würstchen aber auszusparen. Wieder einmal habe ich etwas Teures für die Katz gekauft.

Ich weiss nicht, wie Zaza es merkt, dass irgendwo ein Schrank offen steht. Zielstrebig sucht sie ihn auf. Um ihn auszuräumen und die Wäsche, an der ich zwei Stunden gebügelt habe, zu zerknüllen, braucht sie höchstens eine Viertelminute. Macht's Spass? Und jedes Mal merkt sie, wenn die Bastelkommode offen ist. Die steht in einem Kellerraum, der sonst von den Katzen nicht benützt wird. Stoffresten, Zierbänder, Knöpfe, - also ganze Körbe voll Plunder verteilt sie dekorativ im Raum. Wenn das keine Wonne (zum Aufräumen) ist!

Zora hingegen hat herausgefunden, wie sie mich am schnellsten auf den Plan ruft. Ganz ohne Stimmeinsatz, obschon sie geradezu mörderisch heulen kann. Sie beschwert die Sisal-Türvorlage mit ihren Hinterpfoten, krallt sich mit den Vorderpfoten vorne fest, zieht die Vorlage hoch und lässt sie spicken. Das knallt so wunderbar, dass ich sogar aus dem Tiefschlaf aufschrecke und GERNE aufstehe, um Madame Katz ihre Wünsche zu erfüllen.

Zaza liebt rohes Pouletfleisch. Sie liebt es so sehr, dass ich die Wurmpille darin einpacke. Zuerst mache ich die Katze mit zwei neutralen Pouletstückchen gierig. Danach bekommt sie das Päckchen mit der Pille. Sie schluckt! Gottlob! - Stunden später entdecke ich zwei Stockwerke höher etwas Rosarotes… Beim Nachdenken realisiere ich, dass sie die Pille erstaunlich lange im Maul herumgetragen haben muss, sie strich mir doch in der Küche um die Beine und bettelte nach MEHR…

169

Unglücksfälle und Verbrechen

Wenn eines meiner Tiere Schmerzen hat, verliere ich jegliche Vernunft. Bei mir kommt zum Schmerz jedes Mal noch ein Klacks Angst dazu. Die möglichen Ursachen, vermischt mit Diagnosen ziehen wie ein Film an mir vorbei und multiplizieren sich in ihrer Schrecklichkeit. Obschon zum Glück alles meist gar nicht so schlimm ist.

Beinahe ertrunken?

Es hatte seit Tagen nicht mehr geregnet. Trotzdem kam Zaza tropfnass nach Hause. Nass bis auf die Haut! Das Fell klebte ihr am Körper und machte alle Knochen und Gelenke überdeutlich sichtbar. Mensch, ist diese Zaza mager! Sofort fühlte ich mich schuldig. Hatte ich es unterlassen, ihr eine Wurmpille zu geben? Und: Wie bringe ich sie dazu, mehr zu fressen? Die kleine Streunerin ist im Sommer ja kaum mehr zu Hause. Und wo könnte sie denn ins Wasser gefallen sein?

Während Zaza bloss unruhig war, jammerte ich für uns beide: „Du arme Katze, hat dich jemand ins

Wasser geschubst? Böse Menschen vielleicht, Katzenhasser oder so"?

Zaza war wütend. Ihr Schwanz schlug in Rage hin und her und sie wurde ausfällig. „Halt's Maul, du lästige Zecke"!

„He! Ich will ja nur herausfinden, wieso du in einem so erbärmlichen Zustand zu Hause aufkreuzt".

Zazas Augen funkelten mich wütend an. Sie miaute genervt: „Hau ab! Das geht dich einen feuchten Dreck an". Der Schwanz peitschte auf den Boden und hinterliess nasse Flecken, ein schlechtes Zeichen.

„Du weisst doch, was ein Teich ist, Zaza. Es kann nicht sein, dass du selber reingesprungen bist! Und in ein Schwimmbad läufst du auch nicht einfach so. Du bist ja längst kein Katzenbaby mehr"!

Zaza schwieg verbohrt, aber das Nass war ihr sichtlich unangenehm.

Ich schlug einen versöhnlichen Ton an: „Komm, ich will dich wenigstens mit einem Tuch rubbeln, damit dir wieder wohler ist".

„Untersteh dich, mich in diesem Zustand anzufassen. Ich warne dich"!

Das war deutliche Sprache! Zaza lief vor mir davon, sobald sie das Tuch in meiner Hand sah. Ich erwischte sie gerade noch am Hinterbein, bevor sie treppab verschwinden konnte.

Zaza schrie auf: „Lass mich los, brutale Katzenquälerin! Du blöde Ratte, ich hasse dich bis in die Krallenspitzen hinein. Nie mehr schnurre ich dir etwas vor, du nichtige Dreckmaus"!

Ich versuchte trotzdem, sie zu rubbeln. Es war grundfalsch, und eigentlich hätte ich es wissen müssen: Die süsseste Schmusekatze wird in diesem Moment zum gefährlichen Raubtier.

Im Zappeln und sich Entwinden war Zaza sowieso schon immer eine Meisterin gewesen. Mit jeder Pfote, daran je fünf ausgefahrene Krallen verpasste sie mir einen Schlag mitten ins Gesicht. Ich liess sie sofort los, was ganz in ihrem Sinn war. Sie verschwand, nicht ohne nochmals wütend zu mir zurück geschaut zu haben, um mich kräftig anzufauchen.

Als sie nach zwei Stunden vor der Türe um Einlass bat, war sie wieder so flauschig wie immer. Aber ich werde noch einige Zeit krallenverziert durch die Gegend laufen müssen.

Zaza: Ich als Einschleichdiebin

Der Mensch hört nicht, wenn sich eine Katze an-
schleicht. Denn die Katze ist immer vorsichtig. Sie
lässt keine Krallen auf den Boden knallen wie der
Hund. Ihre Krallen kann sie tief in ihrer Pfote
verstecken. So wird eine Katze zur lautlosen
Gefahr.

Der Mensch sieht die Katze sowieso nur bei Tag.
Sonst sind seine Augen stumpf und unfähig, die
Dunkelheit zu durchbohren. Die Katze hingegen
durchdringt mit ihrem Blick alles. Sie kann zur
sicheren Durchquerung heikler Passagen auch
ihre Tasthaare zu Hilfe nehmen. Auch so etwas
fehlt dem Menschen. Er tastet höchstens mit seinen
ungelenken Fingern. Das macht Lärm.

Der Mensch kann zudem nur sehr starke Gerüche
riechen. Niemals riecht er eine anwesende Maus.
Und niemals findet er der Nase nach heraus, wo die
Nachbarn ihr Fressen versteckt halten. Ich schon!

Und so kommt es, dass ich mich mit samtenen
Pfoten durch die offene Küchentüre im Haus
gegenüber einschleiche. Es ist finstere Nacht. Ich
höre das Geräusch, das der Mensch macht, wenn
er nicht bei sich ist. Dann hört er nichts und sieht
nichts. Er nennt das Schlaf. Das ist gut für die
Katze, die eigentlich nicht hier sein darf. Ich

schnuppere. Meine Tasthaare vibrieren. Die Luft ist rein, das heisst, niemand behelligt mich. Der kleine schwarze Kater, der hier wohnt, ist nicht da. Sein Trockenfutter hat er hier gelassen. Es riecht umwerfend. So etwas kriege ich bei MEINER nie!

Ich kralle mich an der Tüte fest und versuche, sie mit meinen Reisszähnen aufzuschlitzen. Zwei kleine schmackhafte Kugeln kullern aus dem winzigen Loch, mir direkt ins Maul. Herrlich weich, Katzenbabyfood! Ich zupfe ohne Erfolg. Also packe ich die ganze Tüte und zerre sie zur Küche hinaus. Ich schleppe sie über die Wiese, die Gartentreppe hinauf bis vor meine Katzentür. Hier lasse ich sie liegen, denn ich bin total erschöpft. Mit letzter Kraft schleppe ich mich an meinen Futternapf und verschlinge meine liegen gelassenen Resten von gestern. Dann lege ich mich aufs Sofa, dort wo es am weichsten ist und schlummere weg.

Jäh werde ich aus dem Schlaf gerissen, weil die MEINE ruft: „Wie kommt denn diese Tüte mit dem Trockenfutter in unseren Garten? Warst du das Zaza?"
Ich tu nichts dergleichen.

„Katzenbabyfutter! Das kann ja nur von den Nachbarn kommen! Geht's noch! Du glaubst doch

nicht etwa, der kleine Schwarze habe es uns als Geschenk gebracht!"

Ich muss ob der Tirade gähnen und strecke mich lang, um die Muskeln von der nächtlichen Anstrengung zu lockern.

„Die Tüte ist total zerbissen. Aber sie ist noch beinahe voll. Deshalb können wir sie nicht einfach behalten. Dich damit zurückschicken geht wohl nicht."

Gut, sie hat's wenigstens begriffen.

„Ach was", fügt die Meine nun an: „Wir behalten die Tüte. Es ist wohl Schicksalsfügung, dass sie vor unserer Katzentüre gelandet ist. Dass du das warst, kann niemand genau beweisen. Eigentlich ist die Nachbarin selber schuld, wenn sie die Türe offen lässt und du eingeschlichen bist. Eine Katze geht nun mal überall rein. Sie darf das, straffrei. Und dir kaufe ich im Supermarkt zur Abwechslung Katzenbabyfutter, wenn es dir so schmeckt".

Einverstanden. Dann sind wir uns ja einig. Ich tauche ab, in jenes Universum, in das kein Mensch mir folgen kann.

Zora mit dem geschwollenen Fuss.

Zora hinkte. Ihre Pfote war dick aufgeschwollen. Sie sah aus wie ein Paddel. Wer Zora so sah, begriff, dass sie Schmerzen hatte. Und genau deshalb durfte ich sie auch nicht anfassen. Ich bettelte: „Liebe Zorakatze, lass mich doch deine Pfote anschauen! Nur anschauen, nicht anfassen! Und nur von weitem"! Aber Zora wollte nicht. Sie fauchte mich an, wenn ich nur schon in ihre Nähe kam. Und ich wusste, ganz im Hintergrund meines Kopfs, dass somit wohl ein Besuch beim Tierarzt unumgänglich war. Puh!

Die Energie rann aus mir heraus, als hätte man meinen Energiespeicher angestochen. Während sich das arme Zoratier unter dem grossen Bett, ganz zuhinterst, verkrochen hatte, meldete ich uns an. Dann schlich ich mich in den Keller, um den Transportkorb möglichst lautlos hervorzuholen. Der Deckel schepperte trotzdem. Zora schoss unter dem Bett hervor, und versuchte verzweifelt, auf den Hochschrank zu springen. Der Sprung misslang, Pfote sei Dank.

Anschliessend hetzten mein Mann und ich das arme Tier durchs Haus, bis wir sie, am Schluss alle mehr tot als lebendig, endlich im Transportkorb hatten. Die Fahrt war wie immer ein absolutes

Horrorerlebnis. Selbst die Sirene von Feuerwehr und Ambulanzfahrzeug zusammen wären nicht durch das Katzengeheul hindurch zu uns durchgedrungen. Auch der Tierarztgehilfin war es nicht mehr möglich, ihre Telefonate zu erledigen, während wir gemeinsam im Wartezimmer auf die Behandlung warteten. Erst der Tierarzt übte eine beruhigende Wirkung auf das verängstigte Tier aus. Bei ihm war sie damit beschäftigt, ihn nach Möglichkeit in die Hand zu beissen, während er die Pfote untersuchte.

Der Grund für die Geschwulst war zum Glück schnell gefunden. „Hier"", sagte der Tierarzt ruhig: „Ein Bienen- oder Wespenstich. Die Einstichstelle ist deutlich sichtbar". Er bestrich die Stelle mit einer kühlenden Salbe, die von Zora umgehend abgeleckt wurde. Anderntags war alles wieder gut!

Zora klaut.
Trotz der Wohlerzogenheit meiner Tiere, entdeckte ich letzte Weihnacht angeknabbertes, abgelecktes Weihnachtsgebäck über Tisch und Boden verstreut. Wer war das?

Und gestern, als ich eine Schachtel mit Fastnachtsgebäck öffnete, wachte Zora aus dem Tief - schlaf auf und sprang ohne zu zögern direkt auf den

Tisch. Fasziniert beobachtete ich, wie sie mit der Pfote das luftige Gebäck zerkleinerte und sich die Brosamen direkt aus der Packung in den Schlund schaufelte. Der Puderzucker rieselte ihr dabei aus dem Maul, bestäubte ihre Schnauze und zusätzlich noch alles, was auf dem Tisch lag.

Sag einfach nie NIE! Immerhin ist es uns beiden davon nicht schlecht geworden.

Wo bist du, Zora!

Das Miauen kam aus unendlicher Ferne. Daran war etwas faul. In unserem Haus gab es keine unendlichen Fernen. Wir wohnten auf drei übersichtlichen Stockwerken mit lauter offenen Türen. Damit wollten wir Zaza und Zora möglichst viel Platz zum Herumtoben geben.

Ich hielt in meiner Arbeit inne und lauschte: Das Miauen kam aus einem mit Watte ausgepolsterten Schrank, drei Stockwerke unter der Erde. Es klang traurig und verzweifelt. Aber es gab bei uns keine Stockwerke unter der Erde. In jedem unserer Zimmer standen zwar einige Schränke. Aber diese hatten ganz normale Türen und waren sowieso verschlossen. Wer überlässt schon zwei verrückten Katzen freiwillig seine tragbaren Kleider oder sein gutes Porzellan. Merkwürdig deshalb, dass das Miauen von so weit her kam!

Da schlenderte Zaza in mein Arbeitszimmer herein und rieb sich das Fell am Türpfosten. Ihre blasse Nase war vom hitzigen Spiel gerötet und die Augen sprühten vor Lebendigkeit. Mit bebenden Flanken liess sie sich vor meine Füsse fallen.

Von ferne miaute es wieder. Also war es Zora! Der entfernte Laut ihrer Stimme verhiess nichts Gutes. Ich sprang hoch, während Zaza liegenblieb, die Augen schon halb geschlossen.

Ich galoppierte durch sämtliche Stockwerke und riss sämtliche Kastentüren auf - nichts!

Ich rief, tröstete, versprach sofortige Hilfe – nichts. Ich konnte Zoras Stimme nicht einmal orten. Das machte mich sehr nachdenklich. Wo ich auch stand, das Miauen klang immer gleich fern. Unendlich fern sogar und verzweifelt. Immer wieder blieb ich stehen, horchte, rief, lockte. Und Zora antwortete mir, aber woher... woher?

Ich lief in den Garten hinaus, obschon ich wusste, dass auch die lebhafteste Katze nicht durch verschlossene Fenster und Haustüren verschwinden kann. Aber auch im Garten war sie nicht. Draussen hörte ich auch kein Miauen mehr. Also musste sie doch im Haus sein. Im Keller vielleicht? Hinter der verschlossenen Tür? Schon wieder nichts.

Neben dem Keller war ein offenes Abteil, in dem wir Koffern und Weihnachtsschmuck aufbewahrten. Hier endlich schien es mir, das Miauen sei ein bisschen besser zu hören. Doch immer noch tönte es so, als sei eine dicke Tür zwischen Zora und mir.

„Zora, Zora, wo bist du? Sag mir wo...“ Nachdenklich drehte ich mich um.

Da! Da stimmte etwas nicht! Die Waschmaschine liess ich doch nach Gebrauch immer offen. Aber jetzt war die Tür zu! Ein rascher Knopfdruck, die Tür sprang auf - und eine völlig erschrockene, verschwitzte Zora sprang heraus! In der Trommel war es bereits ganz warm von ihrem Atem!

Ich war entsetzt. „Zaza!“ schoss es mir durch den Kopf. Sie hatte Zora vor einer halben Stunde treppauf und treppab gejagt. So war Zora im Schreck in die Waschmaschine geflohen. Zaza war heftig gegen die Tür gesprungen, diese war zugeschnappt – wasser- und luftdicht verschlossen. Ja, so musste es gewesen sein. Wie lange kann wohl eine Katze…? Diesen Gedanken will ich lieber nicht zu Ende denken!

Dummer Mensch oder dumme Katze?

Während ich am Schreibtisch sass, jagte Zaza durchs Zimmer, sprang nach einer unsichtbaren Fliege und hetzte eine imaginäre Maus. Jetzt stand sie vor der hohen, zylindrischen Bodenvase. Diese hatte ich zwar geleert, aber aus Bequemlichkeit nicht weggestellt. Ein geschickter Sprung, und Zaza balancierte auf dem Rand der Vase. Vorsichtig tastete sie mit einer Pfote ins Innere hinein. Dieser Glanz auf dem Boden, dazu ihr schummriges Abbild! War es das, was sie dazu verleitete, in die Vase zu klettern?

Es folgte, was folgen musste: Zaza rutschte an der glatten Glaswand ab und stürzte kopfüber in die Vase hinein. Ich lachte Tränen. Danach begriff ich, in welch misslicher Lage Zaza war. Schwanz oben, Kopf unten steckte sie fest und war zur absoluten Unbeweglichkeit verurteilt. Niemals könnte sie sich selbst befreien!

Ich half Zaza sofort aus der Vase heraus. Ärgern musste ich mich nur über mich selbst: Mensch, wann hast du endlich ausgelernt!

Selbstverständlich steht die leere Vase seither bei mir immer Kopf, und die Waschmaschinentür habe ich so versperrt, dass sie nicht mehr „von alleine" zuschnappen kann.

Zaza, Zora und der tägliche Wahnsinn

Im Wohnzimmer liegt eine zerzauste Vogelfeder. Auf der Suche nach dem dazugehörigen Mordopfer finde ich Zaza. Sie schläft auf dem Wäschehaufen eines ausgeräumten Schranks. Jenu, sie ist unschuldig - ich habe den Schrank nicht zugemacht. Ich fahre Zaza über das Fell, was für sie die Aufforderung ist, mir in die Küche nachzulaufen. Stur stellt sie sich vor den Futternapf. Er ist leer – ich weiss. Ich bin ja erst aufgestanden. Es eilt mit dem Service, das weiss ich auch.

Zora, angelockt durch das Tellergeklapper, streckt den Kopf auf halber Treppenhöhe durchs Geländer. Von da hat sie eine wunderbare Übersicht, aus der sie ihre Erkenntnisse ableitet. Heute, entscheidet sie, lohnt sich der Abstieg.

Ich beeile mich, zwei Futterschalen herzurichten. Die eine ist noch nicht eingeweicht, das Waschen dauert. Zaza verfolgt jede Bewegung mit anklagendem Blick. Zora bleibt im Türrahmen stehen, damit sie nicht zu nah an Zaza heran kommt. Ihre Augen versprühen smaragdgrünes Feuer. Zora ist eine schlechte Fresserin und wenn sie Futter verlangt, dann kriegt sie es selbstverständlich subito. Ich stelle Zaza das Futter vor die Nase und lotse Zora ins Wohnzimmer, in ihre Fressschachtel hinein. Aber ausgerechnet heute hätte sie es lieber in der Küche, an Zazas Platz. Sie folgt mir zögernd, schnuppert am Napf und entscheidet: Untauglich! Auch Zaza läuft weg. Sie zirpt: „Hatten wir diese Sorte nicht schon gestern? Du weisst doch, zwei Mal das Gleiche, NIE!" - Na gut, dann halt nicht.

Ich stelle den Napf auf die Küchenkombination und bedecke ihn, damit das Futter nicht austrocknet. Ich verspreche mir, diesmal nicht nachzugeben und setze mich mit einer Tasse Kaffee an den Tisch. Zora maunzt. Ich reagiere nicht. Sie wiederholt sich, aber diesmal in sattem Crescendo. Sie muss ungemein starke Lungen haben, um in so lang gezogenen Tönen miauen zu können. Ich stehe auf und hole ihr das tägliche Extra, ein Katzen-Snackwürstchen. Sie lässt es sich brockenweise zuwerfen, manchmal nimmt sie es auch aus der Hand, je nachdem wie Madame Katz grad bei Laune ist.

„Fertig!", sage ich.

Zora ist nicht einverstanden. Sie hat ein riesiges Repertoire an Nerv sägenden Katzenflüchen. Die reichen von gefährlich tief abgesenkten Tonfolgen bis hin zum unerträglichen Gekreisch. „Muss ich noch handgreiflich werden, bis du es checkst?", schreit sie. Also lasse ich den Kaffee stehen und folge ihr ins Wohnzimmer. Vielleicht muss sie ja hinaus. Beide Katzen lieben es nämlich, persönlich ins Freie gelassen zu werden. Trotz Katzentür. Die kann man dann immer noch benützen, wenn es mit dem Service nicht klappt.

Zora möchte nicht hinaus. Sie will dringend gebürstet werden. Sie legt sich wohlig in die dafür vorgesehene Schachtel (Sie sehen, ohne Schachteln geht bei uns gar nichts) und lässt sich ausgiebig bürsten. Das Schnurren ist ehrlich gemeinte Dankbarkeit. Zaza beobachtet uns und beginnt, wütend die Krallen am Sofa zu schärfen. Ich springe auf - und damit hat sie, was sie sich wünscht: Ungeteilte Aufmerksamkeit. Ich bürste sie auch. Damit ist sie grundsätzlich einverstanden. Aber sie zirpt: „Bürsten HIER? Was fällt dir ein!", springt auf und fordert von Zora den Platz in der Schachtel. Einen Moment lang stehen sich die beiden Aug in Auge gegenüber. Zora gibt nach.

Der Kaffee ist nun kalt geworden und da ich kalten Kaffee nicht mag, mache ich mir einen neuen. Ich trinke rasch, denn für gewöhnlich habe ich noch nicht ausgedient. Ja, Zaza möchte nun auch ein

Katzenwürstchen. Sie stellt sich neben meinem Stuhl auf und bettelt mit dem Blick. Mit ihren schwarz umrandeten Augen sieht sie unwiderstehlich dekorativ aus. Ich hole das Würstchen, breche ein Stück ab und reiche es ihr. Sie nimmt es nicht an. Ich werfe es so, dass es am Boden aufhüpft. Das ist schon besser, es macht wenigstens Spass. Auch wenn es nicht wirklich schmeckt. Sie gibt das Spiel schon nach zwei Würfen auf. Nun keckert sie nach Freigang und stellt sich an die Haustür. Ich öffne ihr, klar. Draussen ist es windig. Muss das sein? Nein! Oder vielleicht doch? Sie hockt sich zwischen Tür und Angel hin, den Kopf ins Freie gestreckt, der Rest der Katze sitzt an der Wärme.

„Überleg dir's halt", sage ich.

Zora möchte es nun auch mit Freigang versuchen. Bei ihr aber geht das nicht so einfach. Sie möchte nicht zur Haustür, sondern zur Terrassentür hinaus. Für den Service bittet sie mich mit einer lang gezogenen, penetranten Tonfolge.

Selbstverständlich weiss sie, dass ich ihr Keifen nicht lange aushalte.

Also stehe ich auf, folge ihr, öffne die Tür - Aber dann braucht sie jedes Mal zwingend den Umweg hinter dem Klavier durch. Währenddessen hüte ich die offene Tür, da unweit ein fremder Unkastrierter lauert und Einlass begehrt.

Tja, aber für Zora, dieses komplizierte Wesen, stehe ich zu nah an der Türe. Sie kann nicht an mir vorbei ins Freie. Also fauche ich den fremden Kater halt selber an, wage den Schritt von der Tür weg – und wenn ich einen Glückstag habe, läuft Zora jetzt hinaus und der Unkastrierte bleibt erst noch draussen. Danach, ja danach gibt's endlich echt heissen Kaffee.

Immerhin: Einen toten Vogel habe ich bis jetzt noch nicht gefunden, aber vielleicht steht mir das noch bevor.

Zaza ist mittlerweile sechzehn, Zora fünfzehn Jahre alt.
Beide Katzen erfreuen sich bester Gesundheit.

Im September 2019,
Marianne Kunz-Jäger

FSC
www.fsc.org

MIX

Papier | Fördert
gute Waldnutzung

FSC® C083411

Zeitfracht Medien GmbH
Ferdinand-Jühlke-Straße 7
99095 Erfurt, Deutschland
produktsicherheit@kolibri360.de